DE L'ÉTUDE DE LA LANGUE.

Extrait de la Revue du Lyonnais,

Nos 94, 95.

DE L'ÉTUDE

DE

LA LANGUE,

PAR

PAUL BRUYAS.

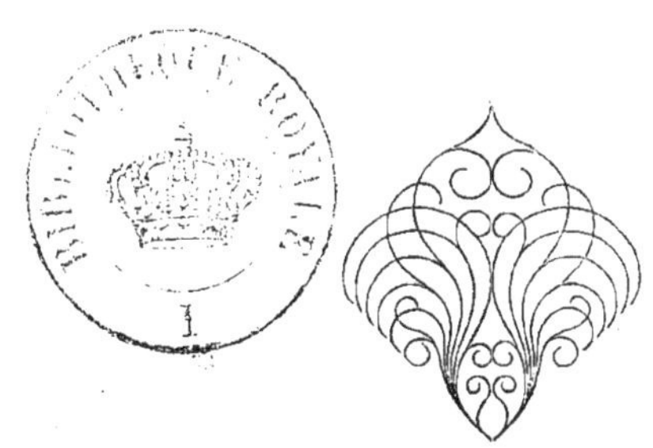

LYON.

IMPRIMERIE DE L. BOITEL,

QUAI SAINT-ANTOINE, 36.

—

1842.

DE

L'ÉTUDE DE LA LANGUE.

I.

C'est un besoin pour l'homme de chercher le germe de tout ce qui s'est développé, les commencements de tout ce qui a grandi, le point de départ de tout ce qui a marché. Aussi, dès qu'il y a repos, intermission dans l'action, sa curiosité, qui n'avait encore regardé qu'en avant, s'éveille pour les choses passées : parvenu à l'âge mûr, c'est l'enfant qu'il veut retrouver en soi, il se plaît à rassembler ses plus vieux souvenirs et recueille comme des fragments précieux ses premières impressions; né au milieu d'une civilisation déjà ancienne, il se reporte, pour les étudier, aux ébauches d'organisation sociale; en possession dès sa naissance d'un merveilleux instrument de communication avec ses semblables, il prête l'oreille aux premiers bégaiements d'une langue souple et habile à tout dire.

L'homme s'enquiert donc de sa parole, mais ce n'est d'abord qu'un vague desir de connaître. Il veut trouver et ne sait pas chercher; il erre sans guide et c'est une analyse instinctive qui lui montre des parties dans le mot, dans ce qui semblait l'élément le plus simple du langage.

La décomposition des mots devait précéder celle des langues. Il y a dans les tribus primitives quelque chose de farouche qui les confine dans une existence isolée; leurs relations rares et presque toujours hostiles ne leur donnent le pressentiment d'aucune fraternité dont ils soient portés à rechercher les titres. Presque tous les peuples antiques se croyaient autochthones, se disaient nés de la terre qu'ils occupaient, comme pour ajouter à leur droit une consécration nouvelle. Ce n'est que plus tard, quand les agglomérations humaines multipliées sont mises dans un contact forcé de voisinage ou sont rapprochées par le commerce, que l'oreille, au milieu des étrangetés d'un langage nouveau, est frappée de certains rapports de sons et soupçonne l'origine commune de deux langues et de deux peuples. Alors seulement commence la science. Mais c'est une œuvre lente et difficile de persuader l'orgueil d'une nation, de le faire consentir à ce que sa langue ne soit plus que le rejeton ou la branche d'un arbre dont les racines sont ailleurs. Varron n'a attribué une origine impossible à tant de mots qui se rattachaient naturellement à des mots grecs, que pour leur épargner la honte d'une filiation étrangère.

Dès qu'elle n'est plus enfermée dans les frontières d'un seul peuple, dans le dictionnaire d'une seule langue, la science de la parole grandit et s'étend, car les rapprochements et les comparaisons se multiplient. Mais, à mesure que l'horizon s'élargit, l'espérance s'exalte et s'emporte bien au-delà. A l'aide d'un instrument encore imparfait, on se flatte de mesurer les champs immenses de l'inconnu, de reprendre à l'oubli tout ce qu'il garde du passé : on connaîtra le mystère des races, leurs migrations, leurs mélanges; les langues habilement interrogées témoigneront des grands déplacements des familles humaines et suppléeront au silence de l'histoire. Qui sait si, faisant un échelon de chaque idiome, on ne pourra pas remonter à l'origine des choses? On s'élance, mais l'air manque bientôt à cet essor ambitieux. Les obstacles et les incertitudes naissent de toute part.

Si nous voulons suivre une langue au-delà de ses origines immédiates, nous arrivons bien vite à un idiome auquel nous sommes forcés de nous arrêter, parce qu'il ne se rapporte à rien de connu, parce que, en essayant de le ramener à quelque chose d'antérieur, nous le trouvons irréductible. Nous ne pouvons aller plus avant, mais ce n'est pas à dire pour cela que nous ayons rencontré la langue-mère. « Les langues que « nous appelons mères, dit de Brosses, sont véritablement « mères de quelques-unes, mais filles de beaucoup d'autres, » et l'homme ne peut déchiffrer les titres les plus anciens de cette lointaine généalogie. Les langues qui, en se succédant, se lèguent de proche en proche leurs débris, m'apparaissent comme de larges bassins, d'immenses réservoirs étagés sur une montagne élevée, chacun se déversant dans celui qui se trouve au-dessous. Nous gravissons le bas de la montagne, nous examinons à l'aise l'écoulement des eaux, nous savons découvrir leurs filtrations les plus secrètes, leurs suintements les plus insensibles; mais, pour les bassins supérieurs, l'escarpement des rochers en défend l'approche et des nuages amassés au sommet en dérobent la vue.

La science moderne a osé s'engager dans ces ténèbres et s'y est maintefois égarée. Jadis, loin de prétendre écrire les pages blanches de l'histoire, le philologue, toujours en garde contre les coïncidences fortuites, ne tenait compte des rapports entre les mots qu'autant qu'ils semblaient justifiés par l'établissement d'une colonie, par une invasion, par des relations actives de commerce ou par d'autres faits bien établis. Si ne pas faire de philologie sans l'histoire était un peu timide, en revanche faire de l'histoire avec la seule philologie paraît un peu aventureux. Assurément l'étude des langues peut quelquefois fournir des inductions qui, loin d'avoir besoin d'être confirmées par des faits déjà connus, portent avec elles assez de certitude pour établir des faits ignorés. Mais la pente est glissante; l'on passe facilement de la conjecture à l'affirmation; l'œil trop longtemps fixé sur une lueur finit par y voir une clarté.

De toute science on peut faire deux parts : d'abord celle de tout le monde, restreinte à ce qu'il y a de mieux éprouvé et de plus applicable. Grâce à la simplicité et au petit nombre de ses notions, elle est d'un accès facile et, coûtant peu d'efforts, n'est pas estimée plus qu'elle ne coûte. Mais elle est pour nous un guide sûr, qui nous conduit à notre insu, et il suffirait d'en être privé un instant pour apprendre combien il est indispensable. — L'autre, la partie transcendante, n'appartient qu'aux savants; pour eux seuls est ouverte cette carrière sans limite. C'est là que la vérité se dévoile, que la lumière se fait; mais c'est là aussi que se fabriquent les systèmes. Cette distinction est, dans la science étymologique, mieux fondée qu'en nulle autre, parce que la ligne de séparation y est plus marquée.

Qu'animé d'un ambitieux espoir on entreprenne de lire l'origine des peuples dans les langues qu'ils parlent ou dans celles qu'ils ont parlées et d'établir, par les rapports qui existent entre elles, leur parenté et leurs alliances, certes! le but est noble, et il est besoin d'en avoir conçu toute la grandeur pour oser, malgré l'incertitude des résultats, s'absorber dans un pareil travail. Il faut s'être résolu d'avance à ne reculer devant l'étude d'aucun idiome, en fût-on séparé par l'organisation la plus dissemblable, par les distances les plus grandes, par trente siècles écoulés! et ce ne serait rien encore, si l'on n'acquiérait, avec celle de la langue, une connaissance parfaite de son génie, de ses variations, de la manière de la prononcer et de l'écrire. — Eh bien! la seule idée qu'il se peut qu'on échoue est plus terrible à affronter que tous ces obstacles réunis. On n'entrevoit pas sans se troubler la perspective de tant d'efforts couronnés par une déception. Et quelles pensées ne viennent pas vous assaillir! quelles craintes de n'arriver qu'à des conjectures vagues et sans valeur comme les analogies de sons qui en seraient la base! si l'esprit prenait ses préoccupations pour des réalités! si, dépouillé insensiblement de son impartialité, il en venait un jour à se contenter trop facilement, ne demandant pas mieux de se faire illusion et de fermer les yeux sur la stérilité désolante de ses travaux!

Si l'on se borne, au contraire, à vouloir reconnaître et suivre le lien par où sa langue se rattache à ses origines principales et prochaines, cela mérite à peine le nom de science. En effet, des connaissances assez ordinaires y suffisent, jointes à une certaine sagacité d'esprit que développe rapidement l'exercice. Ce n'est pas, comme on le voit, acheter trop cher l'intelligence complète et intime de sa langue. Son génie, ses tendances ne sont plus un secret dès qu'on a étudié sa formation et ses changements; avant on pouvait la savoir, alors seulement on la possède. Ce résultat est, je le sais, le moins vaste et le moins séduisant, mais c'est le plus utile et le plus sûr.

L'Académie n'indique pas les étymologies dans son nouveau dictionnaire et donne pour raison que, dédaignant de les puiser aux sources les plus voisines, elle a jugé trop hasardeux de les chercher dans les langues sanscrite et scandinave. Ces étymologies, fussent-elles certaines, serviraient de peu à la perfection du langage, seul but du dictionnaire de l'Académie. Que nous importe qu'un mot sorte de tel ou tel idiome, s'il n'est qu'imparfaitement connu et d'un petit nombre de savants! Mais, si un mot arrive dans notre langue après en avoir traversé une autre qui nous est familière, s'il y est teint d'une certaine nuance, s'il y a contracté certaines allures dont il ne peut désormais se défaire, certes! il nous importe de le savoir.

Une langue, comme un peuple, doit être étudiée dans son histoire. Les qualités essentielles du style sont la justesse et la force : or, comment revêtir ses idées de paroles justes et fortes si l'on n'a pas lu dans leur passé leur valeur et leur portée actuelle? Il faut donc suivre les mots pas à pas et s'arrêter à chacune des phases qu'ils traversent; il faut prendre garde aux choses actuelles, pour remonter à l'instant où elles se produisent, et aux choses qui n'ont plus vie ni cours, pour marquer le point où elles se perdent.

La science étymologique, en nous ramenant sans cesse aux sources, peut seule combattre l'influence funeste de l'*oubli* et de l'*habitude*, ces deux vers que le temps fait éclore dans tout langage et qui en ruinent sourdement les plus belles fleurs.

L'esprit dérive d'idée en idée, comme un vaisseau qui chasse sur son ancre. A force d'étendre et de détourner le sens des mots, le point de départ est souvent impossible à retrouver. Le sens figuré fait à la longue oublier le sens propre et devient quelquefois la base d'une figure nouvelle. A travers ces couches successives, comment pénétrer jusqu'à la signification première? Comment choisir dans la dégradation d'une même teinte? Sans un fil conducteur on s'égare loin des acceptions légitimes.

Mais la connaissance des origines apprend moins à réformer les mauvaises locutions qu'à se servir des bonnes, car il est une prescription pour les fautes de langage. La médecine orthopédique ne se prend qu'aux déviations récentes, et le plus souvent on arrive trop tard pour ramener un mot à son sens naturel, pour restreindre une expression forcée et distendue outre mesure. Toutefois, s'il faut souvent s'interdire d'inutiles et tardives réclamations, on garde toujours le droit de s'abstenir.

Si, par l'oubli, le langage se corrompt, par l'habitude il s'affaiblit et se décolore. La figure qui, à l'origine, se voit dans tous les mots, devient ensuite de moins en moins distincte. Dans l'usage journalier et rapide qu'on en fait, on ne peut se retracer, à chaque fois, la poésie de l'expression. Ainsi, pour les hyéroglyphes, cette écriture primitive et figurée comme tout ce qui est primitif, on commence à sculpter sur les monuments, à peindre sur le papyrus, avec soin et patience, l'ibis, le serpent et les autres signes sans en omettre aucun détail; puis vient l'écriture cursive qui simplifie, oublie, supprime, pour la plus grande célérité, et transforme enfin un emblème frappant, une peinture exacte en quelque chose de purement conventionnel, en un signe simple mais ingrat qui ne vaut que par le consentement des hommes. On a fait un livre de l'influence de l'habitude sur la faculté de penser; il en reste un à faire à propos de cette même influence sur la parole et les langues.

Les figures renfermées dans un *seul mot* s'effacent rapidement. D'autres, que l'on peut appeler *explicites*, parce que plusieurs mots sont nécessaires à leur expression, résistent plus longtemps : les mots sur lesquels l'idée se divise et se partage en présentent, pour ainsi dire, une analyse toute faite et l'esprit y donne plus naturellement attention. Souvent tout l'art d'un écrivain consiste à accepter l'expression ordinaire incomprise et méconnue, à la développer, à la mettre en évidence, à nous forcer enfin par quelque moyen d'y prendre garde; il brise la dure incrustation que le temps avait formée, la coque dont les ans avaient enveloppé cette poésie primitive, et alors l'oiseau merveilleux prend son vol échappant à la prison où il languissait oublié. Il est des iconoclastes littéraires qui veulent briser l'image, anéantir la figure. Vains efforts! l'image (non pas l'idole) est au-dessus de leurs atteintes. Elle est le *substratum* de la langue elle-même. En vain la chasse-t-on de la phrase, on la retrouve dans ses éléments, car elle est sous chaque mot.

Pour bien connaître sa langue, il faudrait presque l'avoir faite soi-même; l'étudier c'est la refaire après l'avoir décomposée. Sa cohésion dissoute, il s'agit de constater la nature et la proportion de tous ses éléments, de restituer à chaque race ce qui lui appartient. Il faut, dans notre avoir, distinguer ce que nous avons reçu par succession, de nos acquets postérieurs. Quand un peuple nous transmet une idée, une découverte, une chose nouvelle quelle qu'elle soit, il y joint le nom qui lui sert à la désigner et nous acceptons le présent tout entier.

Il faut aussi noter ces mots venus de langues orientales et lointaines sans qu'on sache toujours par quel chemin. On les reconnaîtrait seulement à leur aspect étrange, comme ces fleurs dont les vents ont transporté la graine dans une contrée nouvelle.

Dans ces recherches sur l'histoire de notre langue, dans ce travail de reconstruction, les débris qui subsistent encore seront d'un important secours. Tout ce qui change ne se transforme pas tellement que le présent ne garde du passé bien des traces qui le rappellent. Les lettres mortes et muettes que beaucoup de mots ont conservées peuvent nous faire retrouver celles que le temps a retranchées tout-à-fait. Ainsi, dans le squelette des fossiles, on supplée un organe perdu, un ossement brisé.

C'est un mal de nos vieilles civilisations que, pour posséder la langue actuelle et vivante, il faut connaître la langue morte dans ses états successifs. Une société qui a beaucoup duré traîne après elle un long passé qui la grandit, il est vrai, et lui donne de la majesté, mais retarde et embarrasse sa marche. Ce passé absorbe les hommes; la mémoire trop occupée s'exerce et se développe aux dépens de l'imagination, de la réflexion et des autres facultés.

Cet inconvénient serait pourtant beaucoup atténué si une route aplanie, des moyens préparés rendaient cette étude plus facile. Mais, dans les dictionnaires, la science est fractionnée, insaisissable; elle y est d'ailleurs incomplète, la langue d'hier n'y expliquant pas la langue d'aujourd'hui. Les grammaires ne s'occupent non plus que de la langue moderne; on y expose des règles sans en chercher la raison dans le passé, sans montrer que tout ce qui est maintenant exceptionnel, irrégulier, a commencé par être normal. Une des bonnes raisons que l'on allègue pour justifier l'étude des langues anciennes, c'est qu'elle est un préliminaire et une condition indispensables de la pleine connaissance de notre propre langue; mais on ne va pas au delà des préliminaires et, les fondements jetés, on oublie de construire. Il faudrait, pour obtenir cet utile résultat, que les origines de la langue française, ses phases diverses, ses rapports avec les autres langues devinssent l'objet d'un enseignement spécial. Je sais qu'un élève intelligent et curieux peut faire des rapprochements féconds et deviner beaucoup; mais je ne parle pas de cette éducation exceptionnelle que certains esprits se font à eux-mêmes, quoiqu'avec beaucoup de peine et de temps: sur ce point, comme sur tout autre, on ne doit se fier, ni au hasard pour les rapports à établir, ni à la sagacité courante pour en dégager l'inconnu.

On a dit avec raison que le premier livre d'une langue est son dictionnaire et on en a, par suite, recommandé l'étude. Mais combien auront le courage d'entreprendre la lecture suivie d'un de ces répertoires immenses ; et, parmi ceux qui auront mené à fin cette grande entreprise, combien auront su rapprocher, d'après leurs ressemblances et leurs affinités, des mots dispersés au caprice de l'ordre alphabétique ? Un dictionnaire n'est que trop souvent le tombeau de connaissances précieuses. L'ordre alphabétique n'est bon que pour une recherche isolée, et tout ce qui est isolé est stérile. Il nous manque *un Dictionnaire méthodique*, ou classification des mots de la langue : une série de divisions y présenterait réunis ceux qui ont une origine commune, qui ont subi des variations semblables, tous ceux entre lesquels l'esprit découvre un rapport quelconque. De chacun de ces tableaux ressortirait une des lois du langage, et l'intelligence s'en saisirait d'autant mieux qu'elle ne lui serait pas présentée d'une manière abstraite, de nombreux exemples la montrant, pour ainsi dire, agissante.

L'Académie travaille maintenant à un dictionnaire historique de la langue française. Ce sera sans doute un bel ouvrage, mais toujours alphabétique. Bien plus volumineux que le dictionnaire actuel, il sera bien plus impossible à lire. Il ne servira donc que pour des recherches isolées et aux savants seulement, car celui qui ne sait pas déjà beaucoup n'a rien à apprendre dans un dictionnaire alphabétique. Pour être amené à l'ouvrir, il faut avoir un doute, et l'ignorant ne doute de rien, parce qu'il ne sait rien ; pour chercher un mot plutôt qu'un autre, il faut avoir sur ce mot en particulier quelqu'obscurité à dissiper, et l'ignorant a partout dans son esprit des ténèbres également épaisses.

Un triage intelligent qui permette d'examiner à part chaque détail du mécanisme de la parole est donc encore à faire. Une classification des mots qui les groupe d'après leurs rapports et les aspects multipliés de leur histoire, est indispensable à l'étude de la langue : c'est beaucoup que les hommes se servent de l'instrument qu'on met entre leurs mains, il ne faut pas leur demander de le créer.

II.

On ne saurait aborder avec fruit l'étude d'une langue particulière sans la connaissance des procédés généraux de l'esprit humain. Il faut en avoir recherché les lois, les avoir vérifiées sur les langues anciennes, avoir vu comment le génie des peuples modernes les a modifiées dans les langues nouvelles. L'effet veut être étudié dans la cause, le produit dans la faculté.

Mais, avant tout, les langues sont-elles de création humaine? — En admirant cet ensemble si compliqué, si vaste et cependant si harmonieux, quelques-uns ont cru pouvoir en douter. En outre, les conventions sur le choix des signes, qu'ils se représentaient comme délibérées et consenties à l'avance, leur ont semblé impossibles sans le secours de ces signes mêmes. De là l'hypothèse d'une langue enseignée aux hommes par Dieu lui-même. Platon a dit dans ce sens : « Les mots n'ont pu être imposés primitivement aux choses que par une puissance au-dessus de l'homme, et de là vient qu'ils sont si justes (1). »

Assurément Dieu se montre ici comme partout ; mais ce qui vient de lui, ce qui est un don de sa main, ce n'est pas une langue, c'est le verbe, c'est la parole. Dieu a placé en nous cette faculté, avec tant d'autres, et nous en a livré l'exercice ; il a mis en nous le germe et ne préside pas aux détails infinis de son développement. En un mot, nous

(1) Cratyle.

avons reçu le pouvoir de faire les langues et non une langue toute faite (1).

L'homme a la parole comme il a la pensée, par une prérogative de sa nature. Mais si aucune de ces deux facultés n'est antérieure à l'autre, leurs manifestations, loin d'être simultanées, sont nécessairement successives. Le mot n'a pu naître avant l'idée, ni en même temps. La pensée a besoin de s'appuyer sur les signes, mais elle existe sans eux et avant eux ; il faut donc rejeter tout système qui ne les lui subordonnerait pas entièrement. La pensée tient à l'existence de l'homme, c'est quelque chose d'absolu ; la parole tient à sa vie de relation. Mais ce qui montre combien l'homme est fait pour la société est combien il est impossible de le concevoir hors de ce milieu, c'est que l'instrument de ses rapports avec ses semblables est en même temps le moyen nécessaire du perfectionnement de sa pensée individuelle.

C'est par l'*onomatopée* et les *figures* que l'homme fait sa langue. Il prête l'oreille à tous les bruits de la nature et forme le nom de chaque objet du son qui en émane. Les sons auxquels il s'essaye d'abord sont ceux qui peuvent être produits avec un moindre effort et par quelque partie plus mobile de l'organe encore rude et inculte de la parole : la lèvre nous a donné la première, la plus extérieure, la plus douce des consonnes. Cette marche est la même que nous pouvons chaque jour observer chez l'enfant. Il débute par des articulations molles comme ses organes. Aussi les mots que l'on présente à son imitation portent tous une labiale, et se composent d'une même syllabe deux fois répétée, car aucune ne saurait lui être plus facile que celle qu'il vient de prononcer. De la sorte, chaque mot de la langue en-

(1) Voyez Genes. cap. II. v. 19.

fantine est une leçon qui assouplit l'organe en recommençant l'exercice et assure le son en le redoublant aussitôt.

Pour les choses muettes ou sans vibration distincte, une admirable faculté de comparer les range sous des signes déjà créés qui reçoivent une acception nouvelle, en subissant quelquefois une modification légère. Consacrés dans le principe à un emploi spécial, les mots s'étendent rapidement à des choses de moins en moins semblables, en vertu de rapports toujours plus partiels ; d'abord courts et monosyllabiques, ils se joignent, se combinent : ainsi, le sens et le son, tout se complique, tout va du simple au composé. Des analogies délicates déterminent entre nos sens un échange des mots qui leur sont propres.

Les objets sensibles servent à l'expression des idées purement morales et ces deux ordres opposés, dont l'esprit a su découvrir le lien mystérieux, se réunissent dans un signe commun. L'homme des premiers âges n'a pas appris à se replier sur soi-même. Ce qui est du dehors est ce qu'il connaît le mieux : aussi, c'est le dehors qui lui explique le dedans et il se rend compte de ce qu'il sent au moyen de ce qu'il voit. Pour bien comprendre les vagues mouvements du cœur, les subtiles et rapides combinaisons de l'esprit, il a besoin de les rapprocher des impressions des sens si nettes, si bien définies, et, par des figures aussi justes qu'ingénieuses, il parvient toujours à donner un corps à sa pensée. Dans une civilisation plus avancée, plus habituée à la réflexion, le poète, par une sorte de revanche, explique parfois le monde physique par le monde moral et se sert des phénomènes intérieurs pour mieux faire comprendre la nature. Mais ceci, on le sent bien, ne peut être qu'une piquante exception.

On a de bonne heure localisé les passions, les facultés, les sentiments, presque à la manière de Gall, en leur assignant un organe qui en est le siége. Cela tient aux rapports du physique et du moral le plus souvent mal observés, mais surtout au matérialisme des langues primitives. L'homme ne voit d'abord que par les yeux du corps, et quand il admet quelque chose d'immatériel, il le lie à ce qui est sensible; il veut savoir où le trouver, car s'il conçoit certaines existences sans la forme, il ne les conçoit pas encore sans un lieu.

Mais est-il vrai, comme l'a dit M. de Maistre, que le talent *onomaturge* ait aujoud'hui disparu? — Les hommes ont encore la même sagacité d'esprit pour discerner dans l'objet la qualité qui domine et doit lui imposer le nom; ils ont la même appréciation fine des rapports les moins saisissables, la même audace, la même faculté poétique dans les comparaisons, la même persistance dans les voies de l'analogie. Rien ne leur manque que l'emploi de ces qualités. Les langues sont faites et il n'est pas nécessaire ni possible de les refaire. On peut bien les remanier, former un autre langage des débris combinés d'idiomes antérieurs; mais créer une langue nouvelle, d'éléments nouveaux, n'est pas au pouvoir de l'homme.

Dès longtemps on a nommé tout ce qui est simple, et si parfois nous avons encore à faire des noms, c'est pour des combinaisons de ces objets élémentaires, de ces idées principales. Il est alors naturel d'unir, pour les désigner, les mots qui en exprimaient déjà séparément les parties. Quand il s'agit d'une chose entièrement nouvelle, la métaphore nous vient en aide et nous la rattachons à un autre objet par quelque analogie saisissante. C'est la meilleure source de mots nouveaux.

Pour les mots composés, ils sont trop souvent ridicules quand leurs éléments sont empruntés au grec, quand le premier venu les a formés au hasard de bribes d'une langue qu'il ne savait pas. D'un autre côté, notre langue, aussi bien que notre époque, est peu favorable à la composition des mots. On doit craindre que le trait d'union ne disparaisse pas, car, pour former un mot expressif, il ne suffit pas d'une simple juxtaposition, d'une soudure légère, il faut qu'il y ait fusion des éléments, et cette fusion n'est parfaite que lorsque l'esprit ne reçoit qu'une impression unique et ne distingue plus les parties que par la réflexion ; ce n'est donc pas assez qu'elles se joignent, il est nécessaire qu'elles s'enlacent et se pénètrent. De plus, comme le composé nouveau ne serait ni vif ni bref si l'on y faisait entrer les mots tout entiers, il faut qu'en les unissant étroitement la contraction les fasse craquer, que l'élision élague les voyelles secondaires et que la portion essentielle subsiste seule. Mais la contraction, c'est la corruption, fait naïf, primitif, que rien ne peut imiter, ni suppléer, et dont, heureusement à d'autres égards, l'action s'est bien ralentie dans notre temps d'écoles primaires.

Des philosophes, je devrais dire des géomètres, ont regretté que chaque mot ne soit pas exclusivement consacré à l'expression d'une seule idée. Une langue ainsi faite parlerait peu à l'imagination. Quand les idées se touchent par tant de points, comment les mots seraient-ils séparés par une limite si nettement tracée? Un mot qui frappe l'oreille réveille dans l'esprit ses acceptions diverses : c'est une corde que l'on ne peut faire vibrer sans que les cordes voisines ne frémissent aussi pour lui faire accompagnement et harmonie. Il y a du charme à parcourir rapidement ces sens variés avant de s'arrêter à l'un d'eux, à les voir se développer comme les palettes d'un éventail d'abord réunies et confondues.

Une langue où tous les objets inanimés sont relégués dans le genre neutre peut être plus régulière, mais assurément elle est moins poétique. Le propre de la poésie est de tout animer, de douer toute chose de sentiment : or, partout où la langue indique le sexe, il doit nous coûter peu de reconnaître la vie. On se laisse aller bien plus volontiers aux fictions du poète, si l'expression, loin de le démentir, lui prépare les voies et agit de concert. Il est vrai qu'assignés aux objets de la nature où la vie est le moins apparente, les genres masculin et féminin doivent l'être souvent d'une façon arbitraire et varier pour les mêmes noms d'une langue à l'autre ; on pourrait en conséquence desirer qu'il y eût toujours un genre neutre pour recevoir les choses qui ne présentent aucune des qualités qui différencient les sexes. Mais un examen attentif, ou plutôt l'instinct si délicat des peuples sait, même en des choses inertes et d'une vitalité obscure, saisir des rapports subtils et pourtant réels qui conseillent de leur attribuer tel ou tel genre. Ainsi le soleil et le diamant, qui brûlent ou éblouissent, appartiennent de droit au masculin par l'éclat et la vivacité de leurs rayons ; pour la lune et la perle, le féminin semble désigné par une beauté douce, une lumière dépolie et voilée, une blancheur lactée et nébuleuse. Ces analogies s'imposent tellement à nous que, dans les noms d'animaux, elles prévalent souvent sur le sexe réel et le font oublier. C'est alors l'aspect général qui détermine le genre. Aussi, chez beaucoup d'espèces, le mâle porte un nom féminin, parce qu'il a toutes les qualités gracieuses et féminines de sa compagne. C'est Ève, selon Milton, qui a nommé les fleurs, de même qu'Adam les animaux : ne faut-il pas voir dans cette idée riante du poète un nouvel exemple de ces harmonies qui servent de bases à l'attribution des genres ?

Le vers est la forme nécessaire de cette poésie qui ruisselle de toute part à l'origine des choses. Elle tombe dans le rhythme et s'y moule de même que l'eau de la fontaine s'assouplit aux contours gracieux d'une amphore. Alors la parole est pour ainsi dire métrique; pas une passion, pas un sentiment n'agite l'homme qu'à l'instant des phrases cadencées n'en viennent embellir l'expression. A défaut de l'écriture, le vers a dû être souvent un moyen de rappel : les syllabes sont comptées, leur place est marquée et la mémoire n'en peut oublier aucune qu'à l'instant l'oreille ne l'en avertisse. Mais parce que le propre du langage métrique est d'être presque inaltérable dans la bouche des hommes, faut-il le ravaler au rôle d'aide-mémoire et oser dire que c'est le besoin de fixer nos souvenirs qui lui a donné naissance?

Tout ce qui parle aux yeux, tout ce qui séduit l'oreille se se trouve donc au plus haut degré dans les langues primitives. Puis, à mesure que les sociétés vieillissent, la parole devient abstraite et sourde, se détachant autant qu'il est possible de ce qui est extérieur. Les métaphores voilées ne laissent plus transparaître l'image : c'est la poésie qui s'en va ; la richesse et l'éclat des premiers sons s'appauvrit et s'éteint (1) : c'est la musique qui s'envole.

En même temps que tarit cette poésie des premiers âges, la perfection de sa forme dégénère. Dans les langues de seconde formation la *rime* remplace le *nombre*. La prononciation ne faisant plus ressortir d'une façon marquée l'inégale durée des syllabes, le rhythme ne serait plus appréciable si le retour d'un son attendu n'avertissait de la fin du vers. Les *accents* disparaissent aussi : les syllabes ramenées à une durée identique sont soumises au niveau d'un même ton. La parole en prend un aspect terne et monochrome. Mais on a justement remarqué (2) que l'absence d'accent à une place et sur une syllabe déterminée avait, surtout dans la langue fran-

(1) D'après M. J. J. Ampère.

(2) La Mennais.

çaise, une compensation par la faculté d'accentuer telle ou telle syllabe suivant les nuances du sens. Cette variété un peu uniforme d'accents stéréotypés, cette musique notée et connue d'avance était loin de donner aux langues ce caractère intellectuel qu'elles reçoivent d'un accent facultatif et mobile. L'allemand a un accent tonique invariable, mais comme il repose sur la syllabe radicale de chaque mot, rien n'est plus rationnel et plus méthodique (1).

Tout, dans la comparaison des langues modernes avec les langues antiques, nous montre l'homme s'affranchissant de la domination du monde extérieur ; partout nous voyons la réflexion réagir contre la sensation. Fatalement modifié par l'action des objets sur ses sens, l'homme les voit et les nomme d'abord, et la construction inverse, qui est celle des langues antiques, témoigne que les impressions vinrent à lui avant qu'il n'allât à elles, qu'il entendit avant d'écouter. Enfin, il cesse d'être un miroir où la nature reflète ses images, il se fait centre; les sensations voulues et cherchées succèdent à l'état passif, et dès lors la construction directe place en première ligne dans la phrase le sujet qui perçoit.

C'en est assez, je pense, pour démontrer que l'étude des procédés de l'esprit dans la formation des langues doit tout précéder, et que celle d'une langue en particulier doit s'appuyer sur ces généralités. La comparaison d'un certain nombre d'idiomes avec celui qui est l'objet d'une attention spéciale doit à son tour y porter la lumière. Une autre utilité peut en être retirée, et la philologie rendrait ainsi à l'histoire les services que souvent elle en a reçus : c'est dans leur langue que les peuples laissent l'empreinte la plus profonde de leur génie; la trace de leurs sentiments intimes, de leurs idées dominantes y est partout visible. Le langage pourra donc con-

(1) Eichhoff.

firmer quelquefois ce que l'histoire n'a fait qu'indiquer et son témoignage changer une conjecture en certitude. La parole et les actions d'un peuple traduisent également ses idées et nous devons, pour les mieux pénétrer, étudier les mots et les faits.

III.

Il faut que cette étude comparée soit poursuivie dans la même langue par le rapprochement de ses formes successives. La connaissance de ses origines et de son histoire peut seule nous en livrer tous les secrets.

La langue française et les autres langues contemporaines n'ont pas leur source dans le calme des premiers âges et ne sont pas un produit naturel, une expansion naïve de cette faculté que Dieu a donnée à l'homme et dont je viens d'indiquer les procédés. Elles se forment au milieu des bouleversements du monde; c'est un torrent qui sort du sein d'un orage et roule les débris du passé. A la limite des temps anciens naissent les langues modernes; la parole et les idées se renouvellent ensemble. Mais ainsi que l'homme ne rejette jamais entièrement le fond de ses idées, mais les transforme, les augmente, de même il forma les langues nouvelles sous l'empire des traditions de la parole antique.

Le français se rattache au latin par une filiation évidente. Les mots qu'il a reçus des autres idiomes se perdent dans l'abondance de ceux que la langue latine y a versés, et le nom de *roman* qu'il a porté longtemps atteste la prédominance des éléments romains. La langue primitive des Gaules, comme la civilisation imparfaite dont elle était l'expression, dut céder à l'ascendant de Rome et plus tard la conquête germanique ne modifia que faiblement cet état de choses. Les Francs se rendirent propre une grande partie de la langue romaine : si un peuple, sorti la veille de ses forêts, a conquis une civilisation très avancée, ce qu'il a de mieux à faire, quand il en vient à l'inventaire de son butin, où se trouvent des richesses nouvelles et inconnues, c'est de prendre avec les choses le nom qui les désigne et de s'approprier le tout par un droit de la victoire.

Mais une fois le latin accepté comme base nécessaire du langage nouveau, chacune de ces races si diverses voulut cependant y introduire une grande partie du sien. Quand des peuples sont mis en présence, sont mêlés par les invasions et la conquête, il doit se faire, avec le temps, une transaction de leurs intérêts, une communication de leurs mœurs, une fusion de leurs langues. Tous d'abord refusent d'abandonner leur idiome naturel, mais comme il y a nécessité de s'entendre, on est bientôt amené à des concessions, dont l'influence et le degré de civilisation de chaque race détermine l'étendue. Il y a un moment de lutte où chaque langue propose et veut faire prévaloir son mot, et c'est alors seulement qu'il existe de véritables synonymes; l'un des deux mots ne tarde pas à être oublié ou bien il est affecté à l'expression d'une nuance particulière de l'idée. Mais c'est dans ses formes grammaticales que le fond latin de la langue est surtout modifié ; l'article désormais détermine le genre, les cas sont indiqués par les prépositions et les temps par les verbes auxiliaires ; il suit de là que les mots sont abrégés par le retranchement des terminaisons devenues inutiles pour en marquer les rapports.

Le temps seul pouvait rendre homogène la langue informe sortie de ce mélange. Mais le travail de concentration, d'assimilation des parties, d'élaboration intelligente qu'elle réclamait fut bien lent à s'opérer. Notre langue ne fut d'abord qu'une langue parlée : or, il faut que l'œil substitue son jugement aux impressions fugitives de l'oreille, pour que les relations des mots puissent être bien senties et nettement exprimées. Pour fixer une langue, le premier pas est d'en fixer les mots sur le papier.

Transformé par les jeunes sociétés barbares le latin avait été conservé par l'Eglise dans un état de pureté relative; elle avait adopté, comme lien commun de toutes les parties de l'empire chrétien, cette langue que les conquêtes des Romains avaient rendue universelle. Et, parce que, du sein de l'Eglise qui lui avait prêté asile, sortit toute science, toute clergie, la langue des prêtres fut aussi la langue des savants. Comment donc se serait perfectionnée la langue nouvelle quand tous les hommes de choix, tous ceux dont les pensées s'élèvent au-dessus des soins de la vie matérielle avaient recours pour les exprimer à un autre idiome! Au moment où tous les éléments d'une langue entrent en fusion, il faut que des ouvriers intelligents veillent autour de la chaudière l'écumant avec discrétion, la purifiant sans l'appauvrir; mais ces ouvriers ne sont venus que bien tard.

Si la langue ainsi délaissée languit dans son abjection, les savants ne souffrent pas moins de cet abandon. Déjà isolés par leurs études, leur esprit s'alourdit dans les entraves d'une langue morte, et s'ils daignent descendre à celle du peuple, ils la parlent comme une langue étrangère. Loin du commerce des hommes, ils n'acquièrent pas le tact, ni l'appréciation rapide des rapports un peu délicats. Le frottement social n'adoucit pas l'aspérité de ces esprits et le champ reste libre à lagrossièreté, et à la vanité pédantesque.

Un jour enfin l'on s'aperçoit que « notre langue vulgaire « n'est tant vile, tant inepte, tant indigente et à mépriser que « l'estiment les pédans; » mais Rabelais, malgré ces paroles et le reproche qu'il fait à certain écolier limousin, dédaigne encore un peu lui-même « l'usance commun de parler(1).» L'on consent à employer le langage de tous, mais seulement pour ce qu'on juge au-dessous de la gravité de la langue latine : « *ad garriendum de quibuslibet nugis, sufficit mihi sermo gallicus aut batavicus,* » disait Erasme (2). Le latin reste longtemps seul digne de l'histoire. A la langue vulgaire de dérouler les inventions capricieuses du conte et du fabliau ; le domaine de la fiction lui appartient, la réalité lui est interdite.

Mais comment, au moyen d'une langue fixée à jamais, sans mouvement et sans vie, suivre les faits de l'histoire dans ce qu'ils ont de mobile et de progressif? A chaque instant le mot manquait à l'idée et l'historien ne surmontait cette difficulté que par le barbarisme, en créant des mots posthumes, ou par l'application souvent plaisante de formules purement antiques et païennes à des choses chrétiennes et modernes. Les *scholastiques* sacrifiaient sans hésiter la pureté de la langue latine à l'expression plus facile et plus claire des idées de leur temps; tandisque les *Cicéroniens,* se faisant scrupule d'user d'un tour ou d'un mot qui n'eût pas été consacré par les bons auteurs, mettaient sans cesse le lecteur à la devine : Le cardinal Bembo, dans son *Histoire de Venise,* appelle le Grand-Turc *le Roi des Thraces;* il fait parler le pape *au nom des dieux immortels* et l'excommunication devient *l'interdiction du feu et de l'eau.*

Par crainte de ces deux inévitables écueils, beaucoup se bornaient à la chronique, aux mémoires, au récit de ce qu'ils avaient vu ou de ce qu'ils avaient fait, genre qui réputé inférieur, pouvait se produire dans le déshabillé de la langue vulgaire. Commines n'a pas eu la prétention d'écrire l'histoire ; ce

(1) Livre II. Chap. VI.

(2) *In Ciceroniano.*

sont de simples notes, comme il le dit dans son prologue, et il les adresse à l'archevêque de Vienne, pour que celui-ci en fasse usage dans l'histoire latine qu'il prépare. Il faut nous féliciter de ce que le voile si lourd à soulever d'une latinité dégénérée ne s'est pas étendu sur ces matériaux précieux de l'histoire, sur ces récits attachants où les faits, les mœurs, les idées de nos ancêtres sont traduits si naïvement dans leur propre langage. Pour les histoires générales, solennelles, *entremeslées de belles concions et harangues* (1), la nullité du fond, à défaut de ce que la forme a de rebutant, nous en interdirait l'accès. Aux narrateurs de cette époque, il faut demander ce qu'ils ont vu, les écouter comme témoins et recevoir leur déposition. Une histoire générale n'est guère possible lorsqu'il n'y a aucune vue d'ensemble, lorsque, par un faible intervalle d'espace ou de temps, la connaissance des faits les plus voisins, les plus récents est soustraite à l'historien.

Cependant la langue du peuple, si gracieuse dans la bouche des conteurs et des poètes, qui depuis longtemps, selon l'expression de Marot, en rabotaient les gros nœuds, trouvait accueil au dehors. On ne la jugeait pas indigne des grandes compositions. Déjà, dans le XIIIe siècle, un Italien, le frère Martin de Canal, écrivait en français l'histoire de sa patrie parce que la langue française « coroit parmi le monde, et « étoit la plus dilettable à lire et à oïr que nulle autre. » Etienne Pasquier nous atteste cette faveur étrangère qui dès lors frayait à notre langue les voies de l'universalité : « Nous voyons aujourd'huy notre langue en telle réputation et honneur que presque en toute l'Allemagne, (que dy-je, l'Allemagne, si l'Angleterre et l'Ecosse y sont comprises?) il ne se trouve maison noble qui n'ait précepteur pour instruire ses enfants en nostre langue françoise? Doncques l'Allemand,

(1) Du Bellay.

l'Anglois, l'Ecossois se paissent de la douceur de nostre vulgaire et nous François naturels ne mettrons peine à l'illustrer par escrits et faire aux autres nations paroistre que ce n'est point un corps sans ame (1). »

Cette illustration ne lui venait guère que du naïf poète gaulois, presque toujours ignorant des langues antiques, et qui rimait rondeaux, ballades et virelais sans trop songer à la postérité. Mais pour tous ceux qui, par une confiance souvent trompée, se préoccupaient de l'avenir, témoins des transformations rapides de la langue, ils hésitaient à lui confier leurs travaux. La parole vulgaire leur paraissait pour leurs idées un véhicule encore trop mobile et trop incertain. Un autre passage des lettres de Pasquier nous montre dans les plus chauds défenseurs de l'idiome national la conscience que sa forme n'était pas définitive, et la crainte qu'un jour leur pensée ne vint à périr ou, séparation douloureuse, ne fût dépouillée de la forme dans laquelle ils l'avaient conçue et sous laquelle ils l'aimaient : « Entre les labeurs de nos esprits, je n'en estime aucun plus pénible et plus ingrat que celui d'un traducteur... Je crains que nos traductions ne se transmettent à nos survivans, ains meurent avec nostre vulgaire, qui se change de cent ans en cent ans, demeurans par ce moyen nos traductions ensevelies dans les ténèbres d'une longue ancienneté. Et de ma part, je ne souhaite en mon mesnage ces beaux d'église, que l'on fait à quatre vingts dix et neuf ans seulement; mais un héritage, bien que non si riche, qui soit mien à perpétuité, avec espérance de le laisser à ma postérité pour un toujoursmais. Quand nos inventions sont de mérite, quelque changement qu'il y ait d'un vulgaire, on est contraint de venir à nous, pour n'y avoir d'autres protocoles; voire que si les paroles desplaisent pour être trop anciennes,

(1) Livre I, lettre II.

ceux qui nous survivent les ageancent quelquefois à la moderne, afin que le peuple ne soit frustré de ce beau subjet... » (1)

Malgré ces craintes les réclamations en faveur de la langue française deviennent de plus en plus vives : « Vous estes doncques d'opinion, dit encore Pasquier, que c'est perte de temps et de papier de rédiger nos conceptions en nostre vulgaire, pour en faire part au public : estant d'advis que nostre langage est trop bas pour reçevoir de nobles inventions, ains seulement destiné pour le commerce de nos affaires domestiques : mais que si nous couvons rien de beau dedans nos poictrines, il le faut exprimer en latin. Quant à moy, je seray toujours pour le party de ceux qui favoriseront leur vulgaire » (2). Ronsard, dans la préface de la *Franciade*, « supplie très humblement ceux auxquels les muses ont inspiré leur faveur, de n'être plus latiniseurs, ny grécanisateurs, comme ils sont plus par ostentation que par devoir, et prendre pitié, comme bons enfans, de leur pauvre mère naturelle : ils en rapporteront plus d'honneur et de réputation à l'advenir, que s'ils avoient, à l'imitation de Longueil, Sadolet ou Bembe, recousu ou rabobiné je ne sais quelles vieilles rapetasseries de Virgile et Cicéron. »

« Vous desprisez nostre vulgaire, dit à son tour Du Bellay, non pour autre raison, sinon que dès enfance et sans estude nous l'apprenons, les autres avec grand peine et industrie. Que s'il estoit, comme la grecque et latine, péry et mis en reliquaire de livres, » vous l'estimeriez davantage (3). Et ailleurs : « Las et combien seroit meilleur qu'il

(1) Livre XI, lettre VI.

(2) Livre I, lettre II.

(3) *La Defense et Illustration de la Langue françoise*, par Joachim Du Bellay, livre I, ch. II.

y eust au monde un seul langage naturel que d'employer tant d'années pour apprendre des mots! Et ce, jusques à l'aage bien souvent que n'avons plus ny le moien, ny le loisir de vaquer à plus grandes choses. Et certes son geant beaucoup de fois d'où provient que les hommes de ce siècle généralement sont moins scavans en toutes sciences et de moindre pris que les anciens, entre beaucoup de raisons je treuve ceste cy, que j'oseroy dire la principale : c'est l'estude des langues grecque et latine. Car si le temps que nous consumons à apprendre les dites langues estoit employé à l'estude des sciences, la nature certes n'est point devenue si brehaigne qu'elle n'enfantast de nostre temps des Platons et des Aristotes. Mais nous qui ordinairement affectons plus d'estre veus scavans que de l'estre ne consumons pas seulement nostre jeunesse en ce vain exercice : mais, comme nous repentans d'avoir laissé le berceau et d'estre devenus hommes, retournons encor' en enfance, et par l'espace de vingt ou trente ans ne faisons autre chose qu'apprendre à parler qui grec, qui latin, qui ébreu. Lesquelz ans finiz et finie avecqu'eux ceste vigueur et promptitude qui naturellement règne en l'esprit des jeunes hommes, alors nous procurons estre faitz philosophes, quand pour les maladies, troubles d'affaires domestiques, et autres empeschements qu'ameine le temps, nous ne sommes plus aptes à la spéculation des choses.... Faut-il donques laisser l'estude des langues? non : d'autant que les arts et sciences sont pour le présent entre les mains des Grecz et Latins. Mais il se devroit faire à l'advenir qu'on peust parler de toute chose par tout le monde et en toute langue. J'entens bien que les professeurs des langues ne seront pas de mon opinion, encores moins ces vénérables druydes, qui pour l'ambitieux désir qu'ilz ont d'estre entre nous ce qu'estoit le philosophe Anacharsis entre les Scytes, ne craignent rien tant que le secret de leurs mystères, qu'il faut apprendre d'eux, soit descouvert au vulgaire.... Il me souvient de ces reliques, qu'on voit seulement par une petite vitre, et qu'il n'est permis toucher avec la main. Ainsi veulent-ilz faire de toutes les disciplines qu'ilz tiennent enfermées dedans les livres grecz et latins, ne permettant qu'on les puisse voir autrement : ou les transporter de ces paroles mortes en celles qui sont vives et volent ordinaire ment par les bouches des hommes (1). »

C'est là une prédication éloquente de révolte et de nos jours on a attaqué l'enseignement des langues anciennes avec moins de verve et de raison que Du Bellay n'en dépensait pour en abolir l'emploi. Mais autant Du Bellay réhausse notre langue, autant il abaisse la littérature nationale devant les œuvres antiques qu'il propose à son imitation. Sa *Défense et Illustration de la langue françoise* est une théorie de servilité où la copie est présentée comme le meilleur mode de production littéraire : « Tout ainsi, dit-il, que ce fut le plus louable aux anciens de bien inventer, aussi est-ce le plus utile de bien imiter (2). » « Sans l'imitation des Grecz et Romains, nous ne pouvons donner à nostre langue l'excellence et la lumière des autres plus fameuses (3). » « Par quelz moiens doncques les Romains ont-ilz peu ainsi enrichir leur langue, voire jusques à l'égaler quasi à la grecque? imitant les meilleurs auteurs grecz, se transformant en eux, les dévorant, et après les avoir bien digérez, les convertissant en sang et en nourriture (4). »

Il faut voir avec quel dédain profond il parle des chants de la muse gauloise. A la différence des latinistes, qui s'effor-

(1) Du Bellay : *La Défense et Illustration*, etc., livre I, ch. X.

(2) Du Bellay : *La Défense et Illustration*, etc., livre I, ch. VIII.

(3) Id. Livre II, ch. I.

(4) Id. Livre I, ch. VII.

çaient d'exprimer par des paroles mortes le vif de la société, Du Bellay voulait que la langue naissante balbutiât les vieilleries de la poésie antique : « On pourroit trouver en nostre langue, (si quelque sçavant homme y vouloit mettre la main), une forme de poësie beaucoup plus exquise, laquelle il faudroit chercher en ces vieux grecz et latins, non point ès auteurs françois : pour ce qu'en ceux-ci on ne scauroit prendre que bien peu, comme la peau et la couleur : en ceux là on peult prendre la chair, les os, les nerfs et le sang (1). » Et ailleurs : « Ly donques et rely, fueillete de main nocturne et journelle les exemplaires grecz et latins, puis me laisse toutes ces vieilles poësies françoises aux jeux floraux de Toulouze et au puy de Rouan : comme rondeaux, ballades, virelaiz, chantz royaux, chansons, et autres telles épiceries qui corrompent le goust de nostre langue et ne servent, sinon à porter tesmoignage de nostre ignorance... chante moy ces odes incognuës encor' de la muse françoise d'un luc bien accordé au son de la lyre grecque et romaine, et qu'il n'y ait vers ou n'apparoisse quelque vestige de rare et antique érudition. Et quant à ce te fourniront de matières les louanges *des dieux* et des hommes vertueux, le discours fatal des choses mondaines, la solicitude des jeunes hommes, comme l'amour, les vins libres, et toute bonne chère (2). » Enfin, Du Bellay s'écrie en terminant : « Là donques, François, marchez courageusement vers ceste superbe cité romaine : et des serves despouilles d'elle, (comme vous avez fait plus d'une fois,) ornez vos temples et autelz. Ne craignez plus ces oies criardes, ce fier Manlie et ce traître Camille qui, soubs ombre de bonne foy, vous surprenne tous nudz, contans la rençon du Capitole. Donnez en ceste Grèce menteresse

(1) Du Bellay : *La Défense*, etc., livre II, ch. II.

(2) Id. Livre II, ch. IV.

et y semez encor' un coup la fameuse nation des Gallogrecs. Pillez-moi, sans conscience, les sacrez thrésors de ce temple delphique, ainsi que vous avez fait autrefois : et ne craignez plus ce muet Apollon : ces faulx oracles, ny ses flesches rebouchées. Vous souvienne de vostre ancienne Marseille, secondes Athènes et de vostre hercule gallique, tirant les peuples après luy, par leurs oreilles, avecques une chaine attachée à sa langue (1). »

Voilà sans doute un appel chevaleresque à quelque sublime entreprise, à quelque périlleuse croisade! Mais si l'on vient à penser que toute cette inspiration n'a pour but que de recommander l'exactitude du calque, si l'on s'aperçoit que cette chaleur dépensée ne tend qu'à la froide reproduction d'un modèle, tout cet entrain semble un peu ridicule : c'est le plagiat qui sonne la charge. Et, selon Du Bellay, ce n'est pas seulement les ouvrages des anciens qu'on doit imiter, c'est la langue elle-même qu'il faut mouler sur l'antique. Il ne s'agit de rien moins que de la remanier, de la plier de nouveau à des formes grammaticales abandonnées, de faire enfin remonter au fleuve son courant : « Je veux aussi, dit-il, que tu t'efforces de rendre, au plus près du naturel que tu pourras, la phrase et manière de parler latine, en tant que la propriété de l'une et l'autre langue le voudra permettre (2). » Mais cette dernière restriction est bien vîte oubliée : « Il me semble bon et nécessaire de respondre à ceux qui estiment nostre langue barbare et irrégulière, incapable de ceste élégance et copie qui est en la grecque et romaine : d'autant (disent-ilz) qu'elle n'a ses déclinaisons, ses pieds et ses nombres comme ces deux autres langues..... qui eust gardé noz ancestres de varier toutes les parties dé-

(1) Du Bellay : *La Défense*, etc., livre II, Conclusion.

(2) Id. *La Défense*, etc., livre II, ch. IX.

clinables, d'allonger une syllabe et accourcir l'autre, et en faire des piedz ou des mains? et qui gardera noz successeurs d'observer telles choses, si quelques scavans et non moins ingénieux de cest aage entreprennent de le réduire en art? (1) »

Ces conseils ne restèrent pas sans être pratiqués : Baïf, Pasquier, Jodelle, Rapin, Passerat ont fait des vers métriques français; Baïf et Nicolas Denisot voulurent exprimer les degrés de comparaison à la manière des Romains et nous donner *docte*, *doctieur*, *doctime* (doctus, doctior, doctissimus), essai que Du Bellay lui-même a raillé dans une épigramme. Ainsi et par la force d'une logique impitoyable le système d'imitation atteignait ses extrêmes et ridicules conséquences.

Quelque peine que l'on ressente à voir ce délaissement du fond et des formes naïves de notre vieille poésie, on est cependant forcé de le reconnaître comme fatal. Toute littérature attardée ou naissante, qui tout-à-coup se trouve en présence d'une littérature mûrie et perfectionnée, en subit l'influence. Eblouie de son éclat, elle s'incline, adore et marche en posant exactement ses pas dans les mêmes traces :

.... Longe sequere, et vestigia semper adora (2).

Dans l'antiquité et les temps modernes, les exemples ne manquent pas de littératures qui sont irrésistiblement attirées et gravitent longtemps dans la sphère d'une littérature plus ancienne et plus riche. Le grec à l'égard du latin a été la langue dominante, et la littérature française a étendu son empire sur l'Europe entière. Mais il n'est pas moins à regretter qu'elle ait été trop exactement calquée sur celle des anciens. Exercer la tyrannie peut consoler de la subir, mais rien ne remplace la

(1) Du Bellay : Livre I, ch. IX.
(2) Stace : *Thébaïde*.

liberté : à Rome, certains esclaves avaient dans leur pécule d'autres esclaves (1) de qui ils pouvaient se faire suivre, tandis qu'eux-mêmes suivaient leurs maîtres; en étaient-ils moins des esclaves?

Du Bellay subissait une double influence qui peut seule expliquer ses velléités d'indépendance et sa pente à la servitude. On comprend mal, au premier abord, comment, après avoir plaidé avec chaleur, avec succès, la cause de la langue nationale, il abaisse aussitôt sa victoire devant les littératures antiques. C'est que précisément elles dévoilaient et vulgarisaient leurs plus précieux trésors au moment où notre langue se constituait et commençait à se substituer au latin. La liberté d'écrire dans la langue de leur pensée à peine recouvrée, nos auteurs abdiquaient la spontanéité de leur imagination en présence de ces modèles imposants qui commandaient l'admiration et par malheur aussi l'imitation.

Cette apparente contradiction, nous la retrouvons dans toutes les tentatives de Ronsard et de son école. Il ne vit pas dans le commerce des anciens sans leur emprunter beaucoup. Le courant de l'imitation antique dépose une seconde couche de mots grecs et latins et Ronsard en fait le fond d'un dictionnaire de choix à qui le langage devra demander la noblesse et l'éclat. On conçoit comment ces mots pouvaient être plus nobles : ils s'étaient conservés dans les livres et les manuscrits à l'abri des flétrissures de l'usage. En même temps, Ronsard a des retours pleins de tendresse vers cette langue maternelle pour laquelle il avait combattu. Il prend aux dialectes provinciaux ce qu'ils ont de plus expressif et puise dans le vocabulaire des arts et métiers, sans qu'aucun dédain lui fasse négliger cette source populaire de mots énergiques et ingénieux. Ecoutons Du Bellay, son interprète : « Encores te veux-je advertir de hanter quelque-

(1) *Vicarii.*

fois, non seulement les scavants, mais aussi toutes sortes d'ouvriers et gens mécaniques, comme mariniers, fondeurs, peintres, engraveurs et autres, scavoir leurs inventions, les noms des matières, des outilz et les termes usitez en leurs arts et mestiers pour tirer de là ces belles comparaisons, et vives descriptions de toutes choses (1). » Pasquier, sur le même sujet, s'exprime ainsi : « Je veux que celui que je vous figure ne contemne nul quel qu'il soit en sa profession : pour parler du faict militaire, qu'il haleine les capitaines et guerriers; pour la chasse les veneurs;.... voire jusqu'aux plus petits artisans en leurs arts et manufactures;.... aussi trouvent-ils en leur sujet des termes hardis, dont la plume d'un homme bien escrivant scaura faire son profit en temps et lieu (2). »

Presque tout ce que tenta Ronsard était fondé en raison. Quoi de mieux que de recourir pour la langue à ses sources primitives, ou de veiller à ce que rien ne se perde de ses richesses propres? Mais il fallait y apporter quelque discrétion et procéder avec l'aide du temps. Avant d'être familiarisée avec les mots nouveaux, l'oreille s'étonnait à des mots plus étranges encore : c'était comme une invasion dans la langue; non content d'indiquer et d'ouvrir la carrière, Ronsard la voulut parcourir tout entière et à la course. La mesure seule manqua à l'entreprise dont il fut le chef. Il eut le tort de croire trop facilement au triomphe et de faire suivre de l'apothéose son apparente victoire : le nom de *pléiade* n'aurait jamais dû remplacer celui de *brigade* qui convenait si bien à la discipline et à l'ardeur toute militaire de sa petite phalange. En définitive, l'influence de Ronsard ne devait pas être nuisible, mais à condition qu'une juste réaction viendrait corriger ce qu'il y

(1) *La Défense*, etc., livre II, ch. XI.

(2) Livre II, lettre XII.

avait dans son œuvre d'exagéré et de fougueux. Il a opéré à la manière des hommes qui souvent ne font le bien que parce qu'il ne leur est pas donné de faire tout ce qu'ils veulent.

Ce double travail de Ronsard, sur la langue, ne pouvait être continué par un seul; les deux tendances auxquelles il avait obéi étaient trop diverses pour ne pas se séparer bientôt. Personne n'accepta toute sa succession, mais chacun, y choisissant une part, se plaça sous l'inspiration antique ou suivit des traditions plus nationales et plus modernes. Les uns se déclarent pour ce qui est original, expressif, familier, les vieux mots, les mots empruntés aux patois; ils aiment et vantent tout cela et le regrettent s'ils n'ont pu le faire prévaloir. Les autres soutiennent tout ce qui est régulier, noble, un peu latin, les expressions générales et peu usitées, et par cela moins énergiques et moins précises.

Etienne Pasquier, Henri Estienne veulent qu'avant tout on sauve les plus précieux débris de l'ancienne langue : « Je veux que celuy qui désire reluire pardessus les autres en sa langue ne se fie tant en son bel esprit qu'il ne recueille et des modernes et des anciens toutes les belles fleurs qu'il pensera duire à l'illustration de sa langue.... Je souhaite qu'il lise et un roman de la rose et un maitre Alain Chartier et un Claude de Seissel. Non pas pour nous rendre anticaires (d'autant que je suis d'advis qu'il faut fuir cela comme un banc ou escueil en pleine mer) ains pour les transplanter entre nous, ny plus ny moins que le bon jardinier, sauvageon ou vieux arbre, ente des greffes nouveaux, qui rapportent des fruits souefs (1). » « Aussi sembloit-il à mon père, dit Nicolas Pasquier, qu'il estoit plus beau à un François d'escrire en sa langue que grécaniser, latiniser, ou asservir sa plume sous une

(1) Etienne Pasquier : livre II, lettre XII.

parole aulbaine.... Estudions seulement d'accroistre et abonir la nostre, qui court aujourd'huy par toute l'Europe; trouvons mots nouveaux, courts, doux, charnus, et nerveux, bien recherchez et eslabourez : faisons renaistre et resusciter ceux qui ont esté dès-piéça délaissés, rappellons-les; lesquels remis en usage, auront plus de grace et de goust, pour estre sortis de nostre ancien estoc, que ceux que nous avons empruntez des nations estrangères. Si d'adventure nous n'en avions pour exprimer ce que nous voulons traiter, ou représenter, lors transplantons chez nous, adoptons et naturalisons les estrangers les plus propres et mieux sonnants aux oreilles. L'usage et le temps qui apportent et emportent beaucoup de mots vieux et nouveaux, les ferons vivre et revivre (1).» Et selon Henri Estienne : « Si le vieil françois estoit bien espluché, on y trouveroit grand nombre de manières de parler, les quelles ont esté inconsidérement et à grand tort bannies de nostre langage : et estans remises en leur entier, lui feroyent pour le moins autant d'honneur, que luy font de deshonneur un tas de nouveaux mots et façons de parler nouvelles, qui, sans aucun adveu, sont entrées par les fenestres aux bonnes maisons de France (2). » « Pourquoi, dit-il ailleurs, ne ferions fueilleter nos romans, et desrouiller force beaux mots tant simples que composéz, qui ont pris la rouille pour avoir esté si longtemps hors d'usage.... mais il nous en prend comme aux mauvais mesnagers qui, pour avoir plustost fait, empruntent de leurs voisins ce qu'ils trouveroyent chez eux s'ils vouloyent prendre la peine de le chercher.... Combien de mots se sont insinuez en la bonne grace de nostre langage par moyens subtils, sans que nous nous en soyons ap-

(1) Nicolas Pasquier, livre VII, lettre I.

(2) Henri Estienne : *Traité de la Conformité du langage françois avec le grec.* Livre I, observ. 2.

perceus. Je ne parle point des noms donnez aux choses apportées d'estrange pays (car il est loisible de leur laisser les noms qu'elles avoyent là) : mais je parle des mots que nous avons empruntez sans aucune nécessité de nos voisins plus poures que nous, seulement pour contenter nostre esprit convoiteux de nouveauté.... Avant donc que de sortir de nostre pays, (je di, comprenant tous ses confins,) nous devrions faire nostre prouffit de tous les mots et de toutes les façons de parler que nous y trouvons : sans reprocher les uns aux autres, ce mot là sent sa boulie, ce mot là sent sa rave, ce mot là sent sa place Maubert. Et quant à ce qu'on pourroit alléguer qu'il n'y auroit ordre d'user d'un langage bigarré de divers dialectes, (que nous avons différens ne plus ne moins que les Grecs,) je respon qu'il y a bon remède à cela : c'est que nous en facions tout ainsi que d'aucunes viandes apportées dailleurs, que nous cuisinons à nostre mode et non à celle du pays dont elles viennent (1). »

On le voit, c'est dans la vie et l'énergie du peuple que Henri Estienne voulait tremper la parole nouvelle. Il raille le langage de la cour et ces courtisans qui, ayant passé les monts et guerroyé en Italie, veulent qu'on s'en aperçoive aux mots italiens qu'ils substituent à nos vieux bons mots, altérant la prononciation de ceux à qui ils font grâce : « Messieurs les courtisans se sont oubliez jusques là d'emprunter d'Italie leurs termes de guerre, (laissans leurs propres et anciens), sans avoir esgard à la conséquence que portoit un tel emprunt. Car d'ici à peu d'ans, qui sera celui qui ne pensera que la France ait appris l'art de la guerre en l'eschole d'Italie, quand il verra qu'elle usera des termes italiens? ne plus ne moins qu'en voyant les termes grecs de tous les arts libéraulx estre gardez es autres langues, nous jugeons (et à bon droict,) que

(1) Henri Estienne : *Traité de la Conformité*, Préface.

la Grèce a esté l'eschole de toutes les sciences. Voilà comment un jour les disciples auront le bruit d'avoir esté les maistres (1). » « J'en oy beaucoup, dit-il encore, qui se servent tant à rebours et à contrepoil, (s'il est loisible d'ainsi parler), des mots qu'ils ont pris grand peine à ramasser de çà et de là, qu'ils exposent notre langue en risée aux estrangers, recongnoissans leurs mots si mal appliquez. En quoy tels ramasseurs me font souvenir de celuy qui se cuidant parer de la robe d'autruy, comme estant sienne, à faulte d'en scavoir l'usage, la portoit à l'envers (2). »

La langue nouvelle, selon Pasquier, ne devait pas être un dialecte prévalant sur les autres, mais un choix fait dans tous les dialectes : « La pureté de nostre langue ne fait sa demeure ni en la cour du roy, ni au palais.... Je suis d'advis que ceste pureté n'est restrainte en un certain lieu ou païs, ains esparse par toute la France. Non que je vueille dire qu'au langage picard, normand, gascon, provençal, poitevin, angevin, ou tels autres, séjourne la pureté dont nous discourons. Mais, tout ainsi que l'abeille volette sur les unes et autres fleurs, dont elle forme son miel, aussi veux-je que ceux qui auront quelque asseurance de leur esprit, se donnent loy de fureter par toutes les autres langues de nostre France et rapportent à nostre vulgaire tout ce qu'ils trouveront digne d'y estre approprié (3). »

Ce vœu n'a pas été réalisé, et chaque idiome local est loin d'avoir porté à la langue définitive le tribut de tous ses mots les meilleurs. Rarement une langue a résulté de la fusion des dialectes provinciaux. En effet, l'époque où se forme la langue d'un peuple est presque toujours détermi-

(1) *Traité de la Conformité*, Préface.

(2) Id.

(3) Etienne Pasquier : livre II, lettre XII.

née par l'établissement de sa nationalité ; la langue se constitue comme la nation, en même temps et par les mêmes moyens. Une nation n'existe véritablement que le jour où ses parties ont cessé de vivre et de se mouvoir à part, et elles n'arrivent à l'état de cohésion qu'en se reliant à un centre doué d'une force puissante d'attraction. Or, l'influence politique de ce centre donne à sa langue, déjà plus riche le plus exercée, parce qu'il y avait depuis longtemps plus de vie et de pensée, une prépondérance telle qu'elle s'impose souvent au reste de la nation. Ainsi le castillan est devenu langue littéraire, parce que autour de la Castille les Espagnes se sont agglomérées en royaume. L'Italie a plusieurs centres distincts dont aucun n'a pu se subordonner les autres et les entraîner dans son mouvement ; c'est pourquoi rien de commun ne s'y est produit ; les petites nationalités et les petits dialectes n'ont pu y être absorbés, et aujourd'hui encore l'Italie ne forme pas un seul état et ne parle pas une langue identique. Florence, par sa position, par son antique prééminence entre les républiques italiennes, par l'éclat de sa littérature, semblait devoir imposer son dictionnaire pour code du langage ; mais la *Crusca* a rencontré de nombreuses résistances.

Quand on demandait à Malherbe qui parle bon français, il répondait : « Ce sont les crocheteurs du port au bled. » Qui ne connaîtrait de Malherbe que ce mot le compterait parmi les amis des langues locales et de ce qui est naïf, spontané ; mais il ne faut y voir qu'une réaction contre Ronsard, contre ses importations de mots latins et de mots patois. Instrument de centralisation littéraire, Malherbe voulait faire prévaloir le langage du peuple de la capitale. Il n'eut donc pas, ainsi que Régnier, les instincts populaires que sa réponse pourrait lui faire supposer : à son gré, les mots des dialectes et ceux de la foule manquaient de noblesse ; l'ancienne langue était irrégulière et sous-entendait trop, sa phrase n'était pas assez exactement articulée. Procédant par voie d'exclusion, il a peu enrichi la langue et l'a trop épurée.

Vaugelas, qui réglementa la prose comme Malherbe la poésie, reconnaît cependant l'usage comme autorité souveraine. L'*usage* a un faux air de suffrage universel; mais on s'aperçoit bientôt qu'il en est de ce mot, comme de celui de *consentement universel* en philosophie, comme de celui d'*assentiment du peuple* en politique. Il faut obéir à l'usage, à la loi : on en tombe d'accord; mais qui la fera? Ici l'on se divise, l'on se jette dans la distinction du bon et du mauvais usage. On s'arroge de présumer l'usage ou de le constater, et le droit de le former, reconnu à tous en général, on le refuse dans l'occasion à chacun en particulier; on ne recueille que les voix amies, et l'on enferme le vote dans le cercle de ceux dont le suffrage favorable est connu d'avance. Ainsi fait Vaugelas. Suivant lui, la cour et les bons auteurs forment l'usage : la cour, dont il est l'arbitre; les bons auteurs, ceux qu'il reconnaît pour tels. Il ne fait pas mention de la ville ni du peuple.

Je sais que le peuple n'est pas toujours un bon guide et qu'on ne doit pas le suivre partout : s'il faut étendre logiquement le sens d'un mot, le détourner délicatement, ne demandez rien à l'usage qui prend bien des corruptions sous son égide. Mais quoique le peuple s'égare souvent, on ne peut cependant rien faire sans lui : son initiative est quelquefois funeste; sa sanction est toujours d'une nécessité rigoureuse. S'il manque d'un mot, si un mot lui devient inutile, il le fait, l'apprend ou l'oublie naturellement et à propos; et c'est ici que l'empire de l'usage commun ne peut être contesté et qu'il est légitime, car la foule a un instinct sûr et ne se trompe pas sur ses besoins.

De la langue ainsi tamisée fut donc rejeté tout ce qui était antique ou populaire. A ce double titre les proverbes restèrent dans le crible. Vaugelas les avait pris en haine. « Les proverbes, dit Bouhours, étaient en usage autrefois parmi nous et faisaient mesme une partie des richesses de la langue. Henri Estienne prétend que rien ne contribue davantage à l'ornement du discours.... M. de Vaugelas ne les aimait point... il dit, dans l'épître dédicatoire de son Lucien, que, pour rendre sa traduction agréable, il n'a pas traduit tous les proverbes dont cet auteur grec s'est servi.... Ainsi toutes ces richesses que Henri Estienne fait valoir sont presque comptées pour rien aujourd'hui. Elles ressemblent à ces vieilles armes et à ces habits antiques qui sont dans les gardes meubles des grandes maisons et qui ne servent jamais ou qui ne servent tout au plus qu'à des mascarades et à des ballets.... Ce n'est pas que certains proverbes ne puissent entrer quelquefois dans des lettres ingénieuses. M. Voiture se sert des plus communs d'une façon extraordinaire par le tour qu'il leur donne, par l'application qu'il en fait; et c'est entre ses mains, pour me servir des termes de M. Costar, que cette boue et cette ordure se change en or et en diamans (1). » Outre qu'il n'affecte pas la noblesse, le proverbe a ses allures propres, et les grammairiens, épris de la règle générale, n'en pouvaient souffrir les idiotismes. Expression fixe, qui périt mais ne change pas, l'idiotisme est la forme naturelle du proverbe, le moule où se verse toute pensée qui s'immobilise et se formule.

Ce retranchement, douloureux pour un grand nombre, laissait un vide dans la langue. Le grammairien que j'ai cité plus haut veut le remplir, cherche des compensations et en trouve de plaisantes : « Les sentences communes et autorisées de l'approbation publique, dit-il, ont la vérité des proverbes sans en avoir la bassesse. Par exemple celles-ci : *Un*

(1) *Remarques nouvelles sur la langue françoise.*

homme de bien n'est étranger nulle part. — C'est être heureux que d'être content de sa fortune. — La bonne fortune est plus difficile à porter que la mauvaise; ou, pour mieux dire, les sentences sont les proverbes des honnêtes gens, comme les proverbes sont les sentences du peuple (1). » N'est-il pas dérisoire d'opposer ces maximes filandreuses, ces flasques moralités aux aphorismes que le peuple frappe si vigoureusement et que les générations se transmettent inaltérés. Ils ont quelque chose de rhythmique, de symétrique, de carré où l'oreille et la mémoire se prennent fortement, et il a été plus facile de les dédaigner que de les abolir. C'est un style bref et on peut dire lapidaire, car il faut autant de concision pour graver dans la mémoire des hommes que pour ciseler dans la pierre. Non, il n'y a point de proverbes des honnêtes gens, les seuls, les véritables proverbes sont ceux du peuple. Mais de toute part la centralisation s'organise; Richelieu règne, Louis XIV va régner; les mœurs se polissent, les individualités s'abaissent; on ne veut plus rien de rude, d'âpre, d'énergique; on jette un voile sur toute chose; les conventions sociales s'établissent; le froid vernis des cours, dans les paroles, les manières, les sentiments, couvre tout ce qui est vrai. Oh! décidément il faut rejeter bien loin la langue du peuple!

Le latin abandonné, pour ne pas revenir à cette langue vulgaire si méprisée, on adopta, comme terme moyen, une langue calquée sur l'idiome savant, régulière, noble, mais vague, peu expressive, comme il convient à une langue toute neuve, à une langue qui n'a pas encore servi. On n'osa plus employer le mot propre que masqué d'une épithète, d'un adjectif noble. Au style coupé, libre, troussé court, succédèrent les longues et majestueuses périodes, dont la symétrie est si compliquée, dont l'économie est si savante, dont l'ensemble est

(1) Bouhours : *La Manière de bien penser dans les ouvrages de l'esprit.*

tout un système. Chaque mot eut sa loi, tout mouvement de la phrase fut prévu. Voltaire a formulé, plus tard, le principe qui guidait alors les réformateurs et qui fait résider dans sa régularité toute la perfection d'une langue : « Les langages, à mon gré, dit-il, sont comme les gouvernements, les plus parfaits sont ceux où il y a le moins d'arbitraire (1). »

La lutte avait précédé la victoire des puristes, le sarcasme suivit leur triomphe. Mlle de Gournay disait d'eux que ce qu'ils écrivaient était un bouillon d'eau claire sans impureté et sans substance. Mais le regret de l'ancienne langue ne s'éteignit pas satisfait et vengé par quelques épigrammes, il a survécu, se manifestant à toutes les époques par des efforts pour rajeunir nos vieux mots. Vaugelas, lui-même, dit à propos de *magnifier* qui commençait à vieillir : « J'ai une certaine tendresse pour tous ces beaux mots que je vois ainsi mourir, opprimez par la tyrannie de l'usage qui ne nous en donne point d'autres en leur place qui ayent la même signification et la même force (2). »

L'école posthume de Marot, le style dit marotique, est un souvenir du langage de nos pères. Mais ce retour tardif ne fut qu'un froid badinage. Les auteurs balbutiaient, pour un public qui ne les comprenait guère, une langue de convention et qui n'exista jamais. Quelques douzaines de vieux mots formaient tout leur bagage, et ils les employaient à tout propos et hors de propos, n'en connaissant pas toujours le véritable sens. Au lieu de renouveler les mots dont on sent la privation et le besoin, ils se faisaient un style faux et prétentieux dans sa naïveté. Dans ce culte dont la vieille langue resta l'objet, on a pu s'égarer un moment, mais toujours quelques véritables fidèles, recueillis, à l'écart, ont respiré ses parfums concentrés

(1) *Lettre à M. Guyot*, 1767.

(2) *Remarques sur la langue française.*

et mûris par le temps. Ils ont tenté souvent de relever la langue moderne en y mêlant ce qu'ils avaient rapporté de la fréquentation des auteurs d'un autre âge : chez les Romains, Salluste avait fait retour aux vieux mots, aux vieilles formes du langage ; de nos jours Manzoni, fuyant les mots et les tournures d'importation française, demande à l'antique diction italienne le secret de la force du style ; en Angleterre, Byron, Scott, Wordsworth ont abandonné les mots d'origine romane et la phrase anglo-française d'Addison, pour remonter aux sources anglo-saxones. Paul Louis Courier devrait être nommé ici, mais il fit de l'archaïsme trop pur ; c'est une imitation de l'ancienne langue, plutôt qu'une rénovation de la nôtre. Admirable produit d'une fantaisie spirituelle et savante, cette œuvre fut sans influence. L'école romantique, à d'autres égards souvent excessive, agit sur ce point avec plus de discrétion et d'efficacité ; elle a su encastrer dans l'édifice moderne bien des fragments antiques et précieux sans en déranger l'harmonie.

Mais ces importations doivent être rares et bien réfléchies. L'amour de la vieille langue serait aveugle s'il nous faisait méconnaître les changements nécessaires par lesquels le génie moderne se l'est appropriée. Peut-être, après tout, et si l'on veut ne pas tenir compte de pertes véritables et trop nombreuses, la langue de chaque époque est-elle celle qui lui convient le mieux. Ainsi nous n'avons pas à regretter ces diminutifs gracieux mais enfantins, trop mignards pour une langue adulte, et il serait peu intelligent de vouloir les faire revivre. Un siècle positif, qui voit vrai, qui analyse tout, qui a la juste mesure de toute chose, doit avoir moins de diminutifs et par la même raison moins d'augmentatifs. Aujourd'hui la langue fuit toute exagération en plus comme en moins, car nous voyons les objets par nos yeux et ce qu'ils sont, au lieu de les regarder par le petit ou le gros bout de la lunette.

On peut tenter de recouvrer quelques-unes de nos richesses perdues, mais avant tout songeons à conserver celles qui nous restent, par exemple nos derniers idiotismes menacés comme tout ce qui diffère, comme les costumes des diverses régions de la France, les mœurs et les coutumes locales, les existences à part, les caractères excentriques. Débris de l'ancienne langue, les idiotismes sont irréguliers dans la nouvelle. Ce n'est pas qu'ils ne suivent aucune règle, mais ils demeurent soumis à des lois dont nous nous sommes écartés. Soldats restés seuls de régiments détruits par le temps, ils en portent encore l'uniforme; ils ne connaissent que la vieille manœuvre et y règlent leurs mouvements. Dans nos langues modernes, toute une partie est antique : De même, dans toutes nos cités, à côté de leur portion récente qui s'étend régulièrement dans la plaine, existe la vieille ville dont les rues étroites et sinueuses suivent les ondulations du coteau. Gardons-nous bien de détruire ce qu'il en reste! que tout ne soit pas tracé à l'équerre et au cordeau! ces rues qui serpentent ont des surprises, des aspects inattendus et pleins de charmes. Ce labyrinthe pourrait embarrasser un étranger, mais n'a pas de secret pour nous accoutumés dès l'enfance à ses détours. L'idiotisme naît souvent de l'ellipse; c'est un sentier qui abrége, mais ardu et dont il faut savoir l'endroit. Que de vieux mots nous ont conservé les expressions idiotiques! isolés, ils ont péri; mais, liés à un tout dont ils font partie, ils subsistent par un bienfait de l'association, comme la baguette protégée par le reste du faisceau. L'idiotisme se cache dans le style familier et lui prête sa grâce; dans le style incisif, et lui donne la verve et la gaîté; il exprime les sentiments intimes du peuple qui est le conservateur naturel de ces piquantes locutions, et c'est chez lui qu'il faut aller s'en pourvoir, bien qu'avec choix, quand on veut éviter la pâleur et la monotonie du style.

IV.

Avant d'arriver à la langue classique, fruit de ce long travail, il n'est pas sans intérêt de voir les grammairiens à l'œuvre. Au moment où la langue se débrouille, être grammairien est une chose considérable. Les discussions grammaticales occupent la première place dans les conversations et les correspondances littéraires. Alors le critique a la vue basse, il regarde de près, considère chaque détail, armé d'une loupe; il chicane sur un mot, sur une lettre, portant son attention sur l'expression et non sur l'idée. Les auteurs mécontents désignaient par le nom de *souligneurs* les critiques qui soulignaient les phrases défectueuses. La critique, de nos jours, n'est plus *souligneuse*; elle dénigre ou exalte sans dire toujours pourquoi, cite peu et prétend s'élever comme l'aigle et planer sur l'ensemble d'une œuvre. Je sais qu'elle ne pouvait accepter les procédés patients et minutieux de ces *tyrans des mots et des syllabes*; mais aujourd'hui n'affiche-t-elle pas trop de dédain pour la grammaire et le détail? ne serait-il pas bien d'employer quelquefois, pour conserver, le moyen qui a servi à acquérir?

Au lit de mort, Malherbe s'irritait des solécismes de sa garde-malade et l'en gourmandait vivement, malgré les exhortations de son confesseur; Ménage était au désespoir d'avoir vu naître le mot *brocanteur* et de mourir sans en avoir pu découvrir l'étymologie. L'on a tourné en ridicule cette préoccupation du mot et de la règle, mais non pas à une époque où, puisque l'on avait rejeté la langue antérieure, on sentait le besoin d'en constituer une nouvelle et d'en régler les détails. La raillerie n'est venue que plus tard et n'a atteint que les continuateurs sans but d'une œuvre accomplie. Alors Rivarol disait de Beauzée qu'il avait vécu entre le gérondif et le supin, et récemment on a fait la piquante description d'une académie dont chaque membre est occupé à vanner des adverbes, à trier des adjectifs, à écosser des particules (1).

La tendance d'une époque se révèle partout, dans ses jeux, ses délassements les plus frivoles, comme dans ses travaux les plus graves. Au moment dont je parle, les jeux sont des jeux d'esprit; celui des synonimes remplit les loisirs d'une société polie; attentive à tout ce qui s'opère dans la langue, elle y prend part au moyen de ce passe temps. On prenait les mots les plus voisins pour en chercher les différences avec une subtilité qui les créait quelquefois, et c'était un art de les réunir dans une phrase ingénieusement construite pour en faire ressortir les nuances. Cet amusement quelque peu pédantesque, mais préférable à celui de parfiler ou de remplir des bouts-rimés, était naturel à un temps qui scrutait tous les recoins de la langue, qui en menait de front l'étude et la réforme, qui voulait se rompre à toutes ses difficultés, et, multipliant ses articulations, la rendre souple et prompte à embrasser toute conception de l'esprit.

Je remarque qu'alors les mots ne sont plus créés d'une manière instinctive, à mesure que le besoin s'en fait sentir, mais de propos délibéré. On va en quête d'un mot; on en parle à ses amis; on monte une intrigue, une cabale en sa faveur; on construit des phrases exprès pour le bien enchasser, pour le faire chatoyer. Chacun veut avoir fait le sien, l'avoir employé le premier, constate ses titres et les fait valoir dans l'occasion. Balzac écrit : « Le mot *intrépide* me plaît fort, et, si j'ai du crédit, je l'emploierai volontiers pour faciliter sa réception. » Et ailleurs : « Si le mot *féliciter* n'est

(1) Charles Nodier.

pas encore français, il le sera l'année qui vient; et M. de Vaugelas m'a promis de ne lui être pas contraire, quand nous solliciterons sa réception. »

Mais ces mots, produits de la vanité et du caprice, étaient souvent éphémères et Bonhours dit à ce sujet : « Le public est si jaloux de son autorité qu'il ne veut la partager avec personne. Et c'est peut-être pour cela qu'il rebute d'ordinaire les mots dont un particulier se déclare l'inventeur ou le patron. Témoin l'*esclavitude* et l'*insidieux* de M. Malherbe, le *plumeux* de M. Desmarets..... Au contraire, il accepte volontiers les mots dont les auteurs ne paraissent point; et il a ainsi accepté *exactitude*, *gratitude*, *habileté*, *emportement*, *connaisseur*, et tant d'autres dont l'origine est obscure, de sorte que les mots qui réussissent ressemblent en quelque façon à ces enfants dont on ne connaît point les pères, mais qui sont nés sous une constellation heureuse et que le chancelier Bacon appelle les enfants favoris de la fortune (1). »

A force de se préoccuper des mots on finit par leur créer une personnalité avec laquelle on entre en rapport, pour laquelle on se passsionne ou que l'on prend en grippe. Plusieurs académiciens essayèrent de bannir de la langue la conjonction *car*, sans rien avoir pour la remplacer. Patru avait la plus grande aversion pour le mot *affable* : « Il est français, disait-il, mais laissons-le dire aux autres. » Alors on use d'une circonlocution, de même que, pour éviter la maison de son ennemi, on ne craint pas de prendre le chemin le plus long. A cette répulsion nerveuse et non motivée pour certains mots, il faut ajouter l'effet beaucoup plus explicable de l'antipathie pour les personnes. Il y eut, dans l'Académie, une cabale contre le mot *prosateur* que Ménage avait emprunté à l'italien : « Ménage,

(1) Bonhours : *Doutes sur la langue françoise proposés à MM. de l'Académie*, par un gentilhomme de province.

disait-on, a fait prosateur; eh! bien, nous le déferons. » Nicole a dit le premier *resserrement de cœur*; le père Bonhours condamne ce mot : « Je n'en suis pas surpris, dit Richelet, MM. de Port-Royal s'en étaient servis. »

Ce qui caractérise surtout cette époque, c'est la mesure, la prudence. Assurer chacun de ses pas, ne rien risquer, ne rien donner au hasard est la règle dont nul ne se départit. « Notre langue, dit Bonhours, est si réservée dans l'usage des métaphores, qu'elle n'ose employer celles qui sont un peu fortes, si elles ne les adoucit par *si j'ose dire; pour user de ce terme; pour parler ainsi; s'il m'est permis de m'exprimer de la sorte* (2). » Ne semble-t-il pas voir un acrobate qui avance timidement sur la corde et n'ose s'y risquer sans balancier, ou un aéronaute qui ne quitte la terre que muni d'un parachute. Les mots nouveaux surtout étaient accompagnés de ces phrases précautionnelles. Leur production était assujétie à de nombreux préliminaires; il y avait une étiquette aussi sévère et des formalités aussi indispensables que pour une présentation à la cour. Aujourd'hui l'on forge un mot et l'on s'en sert encore tout chaud du marteau et de l'enclume, mais alors il y avait des phases diverses à traverser. On l'essayait en conversation, d'où il passait dans les lettres et c'est dans ces limbes qu'après un temps d'épreuve un auteur venait le prendre et le risquait dans un livre. Il y était d'abord imprimé en lettres italiques : c'était la marque de sa candidature et pendant un certain temps il ne se montrait pas sans ce vêtement. Bonhours enregistre aussi les minuties de ce cérémonial : « c'est dans la conversation que naissent d'ordinaire les termes nouveaux, ils y demeurent, quand ils ne périssent pas un peu après leur naissance, jusqu'à ce qu'un long usage leur fasse perdre entièrement le caractère de la nouveauté(1). »

(1) *Entretiens d'Ariste et d'Eugène.*

(2) *Entretiens d'Ariste et d'Eugène.*

V.

Pour que le sourire provoqué par ces détails d'intérieur ne soit pas suivi de quelque dédain, on a besoin de considérer l'ensemble et le résultat de l'œuvre, de prêter l'oreille à cette belle langue du siècle de Louis XIV qui, dans sa grandeur calme, dans sa majestueuse régularité, reproduit si fidèlement la forme sociale et politique de cette époque et l'impression générale de ce règne. En même temps que s'éteignaient les dernières palpitations de la vie féodale, que les résistances locales cessaient, que l'omnipotence royale absorbait les antiques franchises, la fantaisie, la liberté, la familiarité disparaissaient du langage et ainsi s'établissait une harmonie parfaite entre la langue et l'état.

Un des caractères de cette langue est de serrer la pensée de plus près, d'être plus sobre d'ornements. On voit que l'imagination est un peu tempérée. Les troubles politiques, les discussions religieuses ont donné du sérieux à l'esprit; il va plus droit au but; il conclut mieux et plus vite. On semble se préoccuper moins de l'expression qui, pourtant, est toujours pleine de justesse et de force en même temps que de simplicité; on dit moins à quoi les choses ressemblent et davantage ce qu'elles sont. Alors la langue a toutes les qualités solides de l'âge mur; mais elle vient de perdre les grâces naïves, l'enjouement, les allures souples, mobiles, les caprices charmants de la jeunesse. Les écrivains de la première moitié du XVIIe siècle, placés à la réunion des deux âges, furent livrés aux deux influences, et l'on peut en suivre la trace dans leur écrits, comme au confluent des fleuves on distingue pendant quelque temps les deux courants à la nuance diverse de leurs eaux. C'est ce qui donne à Corneille, à La Fontaine, à Molière un attrait que n'ont pas pour nous au même degré les écrivains de la langue véritablement classique.

Mais quelle est la valeur de ce mot de *langue classique*, et qu'entend-on quand on nous dit que c'est alors que la langue a été *fixée*? — Il est bon d'examiner ces expressions pour en connaître l'étendue, et, s'il y a lieu, pour la restreindre.

Nous avons une tendance à tout immobiliser autour de nous, à considérer comme définitif ce qui, en pénétrant dans nos habitudes, est devenu comme une partie de nous-mêmes. Les générations font successivement pacte avec certaines lois, certaines formes sociales et de même chaque époque, malgré les expériences du passé, croit la langue fixée. Montaigne en avait fait la remarque : « Nous disons que le langage est à cette heure parfaict, autant en dit du sien chaque siècle (1). » Et Pasquier s'exprime comme il suit : « Chacun se fait accroire que la langue vulgaire de son temps est la plus parfaite et chacun est en cecy trompé.... quoy doncques? Dirons-nous que les langages ressemblent aux rivières, lesquelles demeurant toujours en essence, toutefois il y a un continuel changement des ondes : aussi nos langues vulgaires demeurans en leur général, il y ayt changement de paroles particulières qui ne reviennent plus en usage? Je vous diray ce que j'en pense. Je croy que l'abondance des bons autheurs qui se trouvent en un siècle authorise la langue de leur temps par dessus les autres (2). »

Cette dernière phrase de Pasquier contient une partie de la vérité, mais l'abondance des bons auteurs ne suffirait pas, il faut que leur phalange apparaisse au moment où la langue et l'esprit de la nation atteignent leur point de maturité. Nos

(1) *Essais*, livre III, chap. IX.

(2) *Recherches de la France*, livre VIII, chap. III.

grands écrivains ne font pas autorité seulement par leur génie, mais aussi, parce qu'ils sont intervenus à propos dans la langue. Dans un autre temps, dans un autre milieu social et littéraire, sans la préparation des siècles qui avaient précédé, ils n'auraient pu fonder ce beau style qui pourtant n'étend jusqu'à nous son influence qu'au moyen de leurs ouvrages. Chaque génération nouvelle doit, à son tour, lire les belles idées qu'ils ont si bien exprimées et cette obligation est le principal lien qui nous retient et nous empêche de nous écarter davantage d'un certain type. Ainsi les principes d'une éducation honnête accompagnent dans le reste de sa vie celui qui une fois les a reçus et lui reviennent en mémoire quand les passions menacent de l'entraîner trop loin.

A un certain moment cessent les transformations jadis si rapides du langage; l'altération matérielle des mots semble avoir trouvé son terme; les lois qui en règlent les rapports deviennnent plus fixes; l'émission des mots nouveaux se ralentit, car il en a été créé un nombre suffisant à exprimer une grande quantité d'idées et leurs nuances principales. Tout cela autorise assurément à dire qu'alors la langue a été fixée, si l'on n'attache à ce mot aucun sens absolu. Mais si l'on entendait qu'elle fut livrée à l'avenir comme un dépôt, pour qu'il en fit une garde fidèle, comme une arche sainte à laquelle on ne peut toucher sans que la main ne se dessèche, on serait forcé de nier qu'une langue puisse jamais être fixée. Le sens des mots sera toujours étendu, restreint, détourné ; des mots seront aussi créés, abandonnés, renouvelés, selon les besoins d'une nation active et progressive. Le siècle de Louis XIV n'a pas clos définitivement le dictionnaire, parce qu'il n'a pas donné le dernier mot de l'esprit humain.

La parole ne reste jamais en arrière des idées. Toute civilisation, même au moment de son développement le plus rapide, a une langue à sa taille et n'est pas exposée, comme un enfant qui grandit, à porter une robe trop courte de plusieurs doigts. Par la même raison qu'il n'y a pas de langue universelle, il n'y en a pas non plus de complètement immobile : Le même idiôme ne peut pas plus être commun à tous les temps qu'il ne peut s'étendre à tous les lieux ; car chaque époque, de même que chaque peuple, doit réfléchir dans sa parole, son génie et sa nature.

Une langue ne se conserve à jamais dans le même état que si elle est devenue langue morte. A ce prix seulement elle se maintient inaltérable entre les feuillets des livres où elle repose, comme les momies dans leurs tombeaux et sous leurs bandelettes. Ou si cette langue n'est pas morte, il faut qu'elle appartienne à un peuple mort, enchaîné par la servitude, hébété par la misère. L'immobilité d'une langue mesure exactement l'inertie du peuple qui la parle ; vous pouvez en induire ses formes sociales, son gouvernement, ses arts, son avenir et même sa situation topographique : sous un pouvoir théocratique, il exerce des professions héréditaires dans les castes où il est parqué ; les arts y reproduisent éternellement des types consacrés dès le principe et marqués du sceau sacerdotal ; placé sur la grande route des nations, il ne pourrait s'isoler longtemps de la vie et du mouvement général, une position choisie et à l'écart le préserve de la contagion des idées, mais ne peut le sauver de la conquête à laquelle il est réservé.

Dans les pays montagneux, les vieilles idées conservent les vieux mots, la langue y est comme pétrifiée au milieu des rochers. C'est que les hommes divisés par la nature des lieux en faibles agglomérations innovent peu dans la pensée et par suite dans le langage.

M. de Maistre attribue au protestantisme ce qu'on a nommé le *style refugié*, la corruption des bonnes doctrines entraînant, dit-il, la corruption du bon langage (1). Je pense qu'il faut seulement y voir une preuve de l'impuissance des sociétés trop restreintes et abandonnées à elles-mêmes. A l'époque où les protestants furent forcés de s'expatrier la langue changeait encore : une fois éloignés du centre ou elle s'élaborait, la leur devint immobile. Ils ne recevaient plus le mouvement et ne pouvaient le produire, car rien ne se fait dans la langue que par le concours d'un grand nombre d'intelligences. L'œuvre de la société générale ne saurait être accomplie par une petite société, quelque choisie qu'on la suppose. Aussi, le style réfugié a des formes surannées, un peu de rudesse et quelque chose d'étrange qui ne peut s'exprimer. C'est par la même cause que loin de la métropole les colonies deviennent stationnaires quand elles n'ont pas cette forte vitalité qui bientôt en fait des nations. On rapporte que les Français du Canada en sont encore, pour bien des choses, au moment de la colonisation et qu'ils ont conservé longtemps la langue, les idées et même les modes de cette époque.

Platon et Cicéron, qui ne connaissaient pas la femme libre, émancipée, aussi friande de mots nouveaux que d'idées nouvelles, remarquent que ce sont les femmes qui restent le plus longtemps fidèles au vieux langage. Ne sortant pas du gynécée et du cercle de la famille, presqu'en dehors du mouvement de la société, elles devaient les dernières abandonner les traditions du passé.

Le renouvellement successif des éléments de la langue n'est donc pas un mal puisqu'il est une des conditions de la vie. Mais il faut veiller à ce que les mollécules nouvelles prennent la place des anciennes sans désordre et sans que l'harmonie du tout en reçoive aucune atteinte. Bien des mots ont été mal

(1) *Soirées de St-Pétersbourg.*

faits ou faits mal à propos ; ils ne doivent cependant porter aucune défaveur aux néologismes nécessaires et bien réussis. Les inventions de mots ne sont pas plus faciles que les autres ; il y a dans la littérature, comme dans les arts, des inventeurs malheureux, que leurs inventions ont décrédités, qui se sont ruinés en essais. Sur ce sujet des mots nouveaux, Du Bellay s'exprimait ainsi : « Les Grecz et Romains combien qu'ils fussent sans comparaison plus que nous copieux et riches, néantmoins ont concédé aux doctes hommes user souvent de mots non accoustumez ès choses non accoustumées. Ne crains doncques d'innover quelques termes, avecques modestie toutefois, analogie et jugement de l'oreille, et ne te soucie qui le treuve bon ou mauvais : espérant que la postérité l'approuvera, comme celle qui donne foy aux choses douteuses, lumière aux obscures, nouveauté aux antiques, usage aux non acoustumées et douceur aux aspres et rudes (1). »

Je sais qu'aujourd'hui la langue n'a plus les mêmes besoins qu'au temps de Du Bellay et que, d'ailleurs, un nombre de mots assez borné suffit à rendre toutes les idées. Mais de ce que par le travail on peut tirer parti d'un instrument incomplet s'en suit-il qu'avec un instrument plus étendu les mêmes efforts n'obtiendraient pas un résultat meilleur ? Quand se présente une idée nouvelle faut-il refuser de lui affecter un mot, de le lui attribuer en propre ? Et pour les idées anciennes n'est-il pas à desirer qu'on en distingue les nuances en les fixant par un terme particulier ? La richesse d'une langue n'est autre chose que son aptitude à exprimer les sentiments, les idées, non plus en bloc, mais avec des détails infinis. Chaque pensée doit avoir plusieurs mots qui l'expriment avec ses degrés de plus et de moins, de bonne et de mauvaise part, avec les principales modifications dont elle est susceptible. C'est ainsi que

(1) *La défense....*, livre II, chap. VI.

les cordes d'un violon ne vibrent pas seulement à vide, mais, le doigt les pressant à des intervalles divers, elles donnent tous les sons intermédiaires. Les ouvriers qui, à Rome, font de la mosaïque distinguent dans une seule couleur plusieurs centaines de nuances; assurément, s'ils avaient à en parler aussi souvent qu'à s'en servir, ils leurs donneraient des noms, sinon à toutes, du moins à leurs groupes principaux. Mais elles sont probablement numérotées : or un chiffre est un nom, peu poétique à la vérité.

La langue ne doit pas changer pour ce qui ne change pas, comme les passions et la plupart des choses de l'ordre moral. Il y a pourtant des sentiments naturels qui, à de certaines époques, prennent d'autres noms, parce qu'ils ont éprouvé une extension ou parce qu'on les rapporte à un autre principe et à un autre but. Ainsi la philosophie a opposé à la *charité* la *philanthropie* ou la *bienfaisance*. La création tant célébrée de ce dernier mot était un signe qu'il n'y avait plus de lien commun des esprits. La philosophie ne pouvait s'abstenir de communier avec les hommes par les bienfaits. Elle voulut avoir son mot, de même que la religion avait le sien; mais ce n'était pas à un *abbé* (1) de l'inventer. Le saint-simonisme n'a sans doute découvert aucun sentiment nouveau, mais il en a exalté plusieurs et il en restera trace dans la langue.

Notre époque ne s'en est pas tenue à la langue du siècle de Louis XIV. Alors, comme les arts étaient une pratique sans théories approfondies et développées, comme les savants n'étaient que des individus isolés, comme la vie politique était nulle, il n'y avait presque ni langue esthétique, ni langue scientifique, ni langue politique, excepté celle qui suffit aux rapports très peu compliqués d'une monarchie. L'importance nouvelle de ces divers ordres d'idées réclamait pour

(1) L'abbé de St-Pierre.

eux des langues spéciales et complètes. D'abord parlées dans un petit cercle, elles devaient se mêler en partie à la langue générale ; quelques notions partout répandues de chaque science en font bientôt passer les expressions dans le langage ordinaire, soit au propre, soit au figuré. Bien des mots, à la vérité, ne cessent jamais d'appartenir à la nomenclature et à la terminologie, mais toutes les fois qu'une découverte se vulgarise son nom passe avec elle dans le domaine public. Il est donc important que les savants ne forment pas au hasard les mots nouveaux qui leur sont nécessaires. Le public s'en inquiète peu pensant que cela les regarde seuls et ne prévoit pas que bientôt il sera forcé d'adopter un mot barbare ou mal venu.

Parce que la langue des sciences est mobile comme les sciences elles-mêmes, on a prétendu que la langue commune devait soigneusement éviter tout contact avec elle et ne lui faire aucun emprunt. On ne peut disconvenir de cette instabilité ; mais à cela que faire? n'y a-t-il pas souvent nécessité de parler des choses les plus éphémères et de leur donner un nom ? Et d'ailleurs comment distinguer ce qui ne fera que traverser la langue de ce qui lui est définitivement acquis ? Au reste, toute une partie de la langue scientifique se trouve à l'abri de ces changements : c'est celle qui sert à désigner les phénomènes. Quelques soient les explications qu'on en donne successivement, il leur faut un nom qui soit durable et survive aux systèmes. Les astronomes ont assigné différentes causes à la *scintillation,* mais ce mot n'a jamais été remplacé. Ainsi du mot *effervescence,* nouveau pour Mme de Sévigné.

Ce que, dans les langues, nous appelons corruption, n'est le plus souvent qu'une chose toute relative. C'est nous-mêmes qui la créons en nommant ainsi tout ce qui s'écarte d'un modèle arbitrairement établi ; c'est nous qui, en érigeant la langue d'une époque en un type immuable et sacré, y préparons des atteintes inévitables. Heureusement qu'il dépend toujours de nous, en abrogeant la loi que nous avons faite, de supprimer ce mal imaginaire et il n'en restera même plus trace dans les mots quand, au lieu de dire d'un peuple qui vit et progresse que sa langue se corrompt, nous dirons qu'elle change.

« Les langues, dit M. Villemain, meurent avant l'extinction des races qui les ont parlées (1). » Avant les *races*, entendez-le bien, mais non pas avant les *nations*. Une nation et sa langue ont même sort. La nation et la langue romaine ont péri en même temps : quand les Barbares entament de toutes parts les frontières, font irruption dans le sénat et vont s'asseoir même sur le trône, comment la langue se défendrait-elle et ne serait-elle pas violée aussi bien que l'unité et la majesté de l'empire? Rome débordait sur le monde comme un fleuve grossi qui, en laissant partout trace de son passage, charge et teint ses eaux d'un limon qui les altère. De même qu'en absorbant toutes les nations dans son sein, elle cessait d'être une nation, le latin, en s'ouvrant aux langues vaincues, perdait son caractère.

D'après Sénèque, la corruption du langage suivrait toujours celle des mœurs (2). Mais, s'il est vrai que la perfection des langues consiste à traduire fidèlement le génie des peuples, on ne peut dire qu'elles se corrompent lorsqu'elles en suivent tous les mouvements pas à pas. S'il y a abaissement des esprits, amollissement des courages, la parole ne dégénère pas en se réglant sur un mode approprié à ce nouvel état des ames. Alors la meilleure langue possible est celle qui exprime le mieux les recherches du luxe, les raffinements de la sensualité. Et précisément on la proclame déchue quand plus que jamais elle fait preuve de ressources et de souplesse

(1) Préface du *Dictionnaire de l'Académie.*

(2) *Ubicumque videris orationem corruptam placere, ibi mores quoque a recto descivisse non erit dubium.* (Epist. 114).

pour suivre une telle société dans tout ce que lui suggère de factice son activité inquiète. De même, pour un peuple de mœurs antiques et sévères, une langue simple et rude comme lui, bornée comme ses besoins et ses idées, sera la meilleure. Beaucoup de choses n'y seront pas nommées, comme dans les lois de Solon certains crimes n'étaient pas prévus; mais un temps vient malheureusement où l'on est forcé de compléter le dictionnaire et le code, en y inscrivant les noms de vices nouveaux, la peine de crimes crus impossibles. Donc le seul mérite de la parole est d'être docile, flexible, exercée à tout dire, de refléter les mœurs les plus diverses, de mettre en relief toute pensée dégradée ou pure, abaissée ou sublime: esclave obéissante, ne lui imputons pas le mal contenu dans les messages qu'on lui donne à porter.

Les langues cependant sont susceptibles d'une corruption très réelle, mais tout-à-fait indépendante de celle des mœurs. Elle est de deux natures et les altère dans le matériel de leurs mots ou dans ce qui touche de plus près au sens, selon qu'elle procède de la rudesse de l'organe ou des exigences d'un esprit rapidement blasé par l'habitude.

Dans le premier cas c'est le peuple qui dénature promptement les mots, et il y a là une contradiction singulière, car c'est aussi le peuple qui persiste le plus longtemps à conserver les vieilles locutions. Peut-être n'y a-t-il rien en ceci d'inexplicable : le peuple reste dans la tradition parce que la fantaisie, le caprice, le besoin de nouveauté ne le sollicitent pas d'en sortir; s'il corrompt, c'est par instinct et pour sa plus grande commodité; il va droit devant lui, et ce qui lui fait obstacle il le brise; il prend la voie la plus courte, la ligne la plus directe; si une consonne demande quelqu'effort, il la fait disparaître comme une pierre d'achoppement qu'on rejette du chemin. Aujourd'hui le son n'est plus aussi variable, et de ce côté la langue a moins à redouter. Nos organes assouplis

5

plient à toutes les inflexions et n'ont plus besoin, avant de prononcer un mot, de lui faire subir, comme faisaient nos péres, certaines altérations, d'ajouter, de retrancher, de transformer certaines lettres; la bouche plus délicate, craignant de blesser le mot qui s'en échappe, de le déformer à son passage, le fait glisser sur la lèvre comme sur un coussin moelleux.

L'autre genre de corruption, qui est plus à craindre et que j'ai déjà signalé en indiquant l'étude de la langue comme son remède, a sa source dans l'habitude : chaque fois qu'une expression se représente, elle a pour nous moins de charme et peu de temps suffit pour que nous n'apercevions plus rien de ce qu'elle a peut-être de fort, d'ingénieux, de poétique; elle rappelle encore l'idée, mais c'est tout. Alors, pour retrouver cette agréable impression qu'un mot bien fait cause dans sa nouveauté, nous nous livrons à des créations successives qui ne sont pas toujours heureuses; alors nous recourons à l'archaïsme et au néologisme qui ne devraient pourvoir qu'aux besoins de l'idée : les primeurs seules peuvent réveiller un appétit languissant, et certains vieux gourmands ne voudraient leur table servie que de ce dont il n'y a plus ou de ce dont il n'y a pas encore. C'est ce besoin de renouvellement qui a enfanté le langage des *Précieuses Ridicules;* c'est lui qui donne naissance à ces expressions en vogue, dont chaque mois le *Journal des Modes* pourrait faire la liste, et qui périssent dès que la pointe de leur nouveauté est émoussée.

Il semble que ce travers, qui fait rechercher les phrases alambiquées, les rapprochements forcés, les rapports subtils, doit se rencontrer seulement dans une langue qui n'est plus jeune, dans laquelle on a beaucoup parlé et beaucoup écrit, où l'on a défloré par un long usage les expressions les plus naturelles, les plus proches de l'idée. Cependant l'apparition de notre *style précieux*, de l'*euphuisme* anglais, du *cultisme* espagnol en des langues à peine constituées, pourrait nous y faire voir moins un vice propre à la décadence des littératures qu'une maladie qu'elles ont à traverser pour atteindre leur perfection. Mais il est probable que l'affectation de l'hôtel de Rambouillet, celle du règne d'Elisabeth, celle dont, en Espagne, Gongora fut le héros, ne sont venues que par l'engouement du *Marinisme* et l'imitation des *Séicentistes* italiens : la littérature italienne avait devancé toutes les autres, et sa précocité, autant que sa beauté, lui avait partout conquis une influence qu'elle conservait encore au moment où, signe certain de vieillesse, l'afféterie s'y laisse apercevoir comme une première ride qui se dissimule sous un sourire. Ainsi la corruption du fruit trop mûr gagne le fruit encore vert et des langues pleines de sève se rangent à l'imitation d'une langue usée et à bout de ressources; ainsi l'on voit de jeunes filles renoncer à leurs grâces naturelles et pratiquer les leçons d'une coquette sur le retour. Une époque pareille se rencontre presque en toute littérature, mais n'y est pas durable. Cette inquiétude maladive est bientôt apaisée. Le dégoût d'un côté, de l'autre un attrait renaissant met fin à ce qui n'est jamais dans une langue qu'un épisode ridicule.

Une dernière cause d'abaissement pour une langue me reste à signaler, c'est quand la poésie n'y est plus cultivée ni goûtée. Sans les exemples de cette sœur pleine de majesté, la prose ne pourrait se soutenir; il faut que, stimulée d'une émulation respectueuse, elle cherche, non à la surpasser, mais à n'en pas demeurer trop loin. Si l'on ne vise un peu au-dessus du but, on risque de le frapper trop bas; pour ne pas déchoir, il faut marcher les yeux fixés sur un idéal : la poésie, c'est l'idéal de la prose.

Ceux qui penseraient que ces causes de corruption ne peuvent être combattues et surmontées, ceux qui, endormis sur quelque page du style moderne, auraient rêvé de décadence, devraient cependant convenir que de nos jours la corruption, centralisée et partout répandue au moyen de la presse, aurait un caractère nouveau et peut-être moins funeste. Si l'analogie et la justesse disparaissaient de la langue, ce serait quelque chose d'y conserver l'uniformité : le bienfait de la loi vient de la nécessité d'une règle unique autant que du besoin de la justice.

Mais, quelque soit notre opinion sur ces variations de la langue, il faut nous contenter de les étudier dans le passé, car il est difficile de rien prévoir pour l'avenir. L'esprit ne procède pas toujours de la même manière dans les modifications qu'il apporte à la forme matérielle des mots et à leur acception; non seulement il change de voie, mais il en adopte parfois une directement contraire. On peut affirmer le pour et le contre ou, pour mieux dire, on ne peut, dans cette matière, rien affirmer d'une façon absolue.

La reine Christine disait de Ménage, qu'il savait non seulement d'où venaient les mots, mais où ils allaient. Ce n'est là évidemment qu'une flatterie hyperbolique. Les mots ne se meuvent pas régulièrement et en ligne droite, c'est-à-dire logiquement et rationnellement, et l'on ne peut conclure la route qu'ils tiendront de celle qu'ils ont suivie; c'est une marche capricieuse qui trompe tous les calculs, dont la ligne tantôt se prolonge, tantôt se brise, tantôt s'infléchit d'un côté inattendu. Et d'ailleurs peut-on connaître la destinée des mots quand on ignore celle des choses? L'expression languit quand la sève de l'idée cesse d'y affluer, et c'est parce qu'elle s'en est retirée que notre langue a plusieurs branches mortes, plusieurs vocabulaires spéciaux qui n'existent plus qu'à l'état historique, ceux par exemple du blason, de la fauconnerie et de la grande chasse, du droit féodal, de l'art militaire au moyen-âge. Quelque temps encore on pourra emprunter des figures à l'ordre d'idées qu'ils exprimaient, mais comme ce sera désormais chose d'érudition et non plus de notoriété, ces figures devront être explicites, expliquées, préparées; il faudra les exposer par une phrase au lieu de les indiquer par un mot. Toute la partie de la langue qui est attachée à des usages, à des mœurs, à des idées passagères, à ce qui meurt enfin, doit mourir aussi. Nous ne pouvons conserver éternellement des expressions périmées et dont le sens nous a fui; quelques-uns le retrouvent par l'étude, mais le grand nombre, qui n'a pas le temps d'étudier, est condamné, tant qu'il les garde, à ne pas se comprendre.

Toutefois, ce mariage du mot et de l'idée n'est pas indissoluble; ils ne meurent pas toujours ensemble et ils se séparent même pour contracter, chacun de son côté, une nouvelle union : il y a telle idée qui a usé plusieurs mots, et tel mot qui a représenté successivement des idées différentes ou opposées. Certains mots, sans rompre tout-à-fait avec leur passé, se déchargent cependant d'une partie de l'idée; ils subsistent dans une de leurs acceptions très accessoire et très dérivée, ainsi que de vieux arbres remplacés par les rejetons qui croissaient inaperçus à leurs pieds. Une chose, depuis longtemps repoussée et poursuivie, n'a souvent eu qu'à se cacher sous un nom nouveau pour être tolérée et peut-être accueillie; et, au contraire, plus d'une nouveauté, sous le déguisement d'un mot déjà familier, a pu, sans éveiller la méfiance, se glisser parmi les choses consacrées et s'y implanter définitivement.

Entre ces petites révolutions, une des plus fréquentes est celle qui change la marque de noblesse ou de vulgarité attachée à certains mots; tour-à-tour ils s'abaissent et se relèvent comme les rayons que la roue plonge dans l'ornière boueuse et qu'elle en retire bientôt pour les faire briller un instant au soleil. La philologie pourrait emprunter aux philosophes le système de la métempsychose et en faire aux mots une juste application, car chacun d'eux a eu sa vie antérieure :

quelques-uns, en récompense d'une vie d'épreuve, pauvre, méprisée, ont été, dans une nouvelle existence, glorifiés et ennoblis; d'autres, égarés par l'ambition, ont voulu tout envahir, tout exprimer, ou, corrompus par la fortune, ils se sont laissés aller à tous les changements, à tous les caprices de la mode et sont tombés ainsi de leur position élevée. « Il en prend aux mots comme à nos fortunes, dit Pasquier : nous voyons quelquefois gens de peu de mérite estre levez aux grands honneurs sans scavoir pourquoy, et les autres ravaller de leurs dignitez. Ainsi est-il des paroles, dont les aucunes furent autresfois vilipendées, que nous voyons puis après venir en valeur, et les autres qui avoient esté en valeur, estre puis après contemnées (1). »

La noblesse que les mots doivent à leur nouveauté, à leur sonorité, à quelque chose que l'oreille seule apprécie et juge, se change en roture lorsqu'avec le temps elle y devient inattentive. Pourtant il se peut qu'ils reviennent un jour en leur premier lustre : c'est dans un repos complet, dans un oubli prolongé que les mots fatigués se retrempent et retrouvent jeunesse et vigueur. En outre, c'est seulement dans le repos et loin des familiarités du langage commun que certaines associations d'idées peuvent être rompues; car, s'il est pour les mots une noblesse un peu arbitraire dont la nouveauté et le caprice décident, il en existe une autre plus réelle et plus rationnelle : la bassesse de quelques idées s'étendra toujours aux mots qui les expriment; au contraire, il est des mots qui depuis le commencement du monde sont dans toutes les bouches et qui ne deviendront jamais vulgaires, parce qu'ils sont soutenus par la noblesse de l'idée. Les mots que les hommes ont consacrés aux sentiments généreux, aux rapports sympa-

(1) *Recherches de la France*, livre VIII, chap. XIX.

thiques seront toujours neufs et aussi ceux que leur ont inspiré l'adoration et la pensée de Dieu.

Notre langue noble, créée à l'époque de la renaissance, procède à la fois de la nouveauté de l'expression et de la nature de l'idée: son vocabulaire formé par les savants, de mots tirés directement du latin, fut réservé à des idées choisies, et par là sauvé de l'avilissement où l'expression privilégiée des détails retient toujours une partie de la langue.

C'est parce qu'elle ne touche à aucun détail que l'expression générale est, en même temps, l'expression noble ; mais c'est aussi pour cela qu'elle est vague, abstraite, qu'elle a peur du vrai, qu'elle élude le réel. Les mots usuels, au contraire, accusent le moindre trait, ne dédaignent rien et contractent dans la fréquentation commune quelque chose d'énergique et de précis. Lassés d'une parole sans relief l'écrivain et l'homme du monde les accueillent volontiers, tandis que, poussé par quelque vanité, le peuple cherche parfois à imiter le langage poli et froid des classes supérieures. A aucune époque ces échanges n'ont été plus nombreux que de nos jours, ou plutôt, un grand mélange s'est fait dans la langue comme dans la société.

Dans un état où les classes sont nettement séparées par les priviléges, les idées, les habitudes, chacune a sa langue distincte. Qu'une révolution brise ces barrières, toutes ces langues partielles se réunissent et fondent leurs nuances dans une teinte générale. La fusion qui a lieu alors entre les diverses classes d'une même nation est tout-à-fait analogue à celle de plusieurs peuples: une langue nouvelle se forme aussi, seulement, comme ses éléments diffèrent moins, l'assimilation en est plus vite accomplie.

VI.

Celui-là se tromperait étrangement qui, pour mieux étudier la langue, s'efforcerait d'isoler le mot de l'idée et de les considérer séparément. Tout consiste, au contraire, à surprendre le secret de leur union. C'est pourquoi je ne veux pas terminer sans dire quelque chose des rapports de la pensée et de l'expression et de l'influence réciproque qu'elles exercent l'une sur l'autre.

On a pu choisir l'ame et le corps pour représenter l'intimité de l'idée et du mot, mais cette comparaison n'est pas de nature à être suivie plus loin : une intelligence active n'est servie bien souvent que par des organes inertes ou rebelles ; l'esprit ne se doue pas lui-même de sa forme matérielle et il arrive parfois qu'entre eux le désaccord est aussi grand que l'union est étroite. Mais quand l'idée s'incarne dans le mot, comme le mot sort de l'idée, comme il est l'expansion de sa force propre et son épanouissement au dehors, l'harmonie ne peut manquer et l'effet mesure toujours la puissance productrice de la cause. L'expression est donc claire et forte en raison de la précision et de l'énergie de la pensée. Pourtant sa transmission, comme celle des mouvements en mécanique, ne se fait pas sans quelque déperdition. On l'a dit avec justesse : « Nous pensons plus fortement que nous ne nous exprimons ; il y a toujours une partie de notre pensée qui nous demeure (1). » Quelques intéressés ont, il est vrai, beaucoup exagéré sur ce point,

(1) Saint-Evremont.

alléguant l'insuffisance de la parole pour masquer celle de leur pensée. Ceux qui ne versent le miel que goute à goute craignent le soupçon d'indigence et donnent volontiers à entendre qu'il en reste une grande partie attachée aux parois du vase.

Si l'expression atténue un peu la pensée, par compensation elle lui sert mainte fois de contrôle et d'épreuve. Avant d'avoir reçu une forme extérieure, d'avoir été formulée par des mots, l'idée a toujours quelque chose de vague, d'incertain (1). Un rapport semble ingénieux, un raisonnement paraît juste, puis, à l'expression tout se dissipe : on ne reconnait les fantômes que lorsqu'on cherche vainement à les embrasser et à les saisir.

Selon que, dans certains âges et dans certaines natures, prédomine la mémoire ou la raison, le mot a le pas sur l'idée ou l'idée sur le mot. L'enfant a une mémoire heureuse ; il apprend des vers, de la prose ; rien ne lui coûte. Mais, chez lui, l'intelligence reste sur le second plan : ce sont les mots qui traînent les idées après eux et les fixent péniblement. Il est une autre mémoire à l'usage de l'homme fait ; c'est celle qui, prévenant toute hésitation, fournit à l'instant l'expression la mieux appropriée à la pensée. Elle manque souvent aux vieillards ; chez eux, l'intelligence a le beau rôle et prend sa revanche : ce sont les idées qui ont les mots à leur remorque.

D'un côté les mots et la mémoire, de l'autre la pensée et la réflexion sont les sources de deux genres d'éloquence bien différents. La meilleure est celle qui naît de la conviction, qui part de sentiments profonds et vrais, de ce qu'il

(1) Comme nous ne pensons guère qu'avec des mots, il va sans dire qu'il s'agit ici d'une expression nette et précise, qu'elle soit pensée, parlée ou écrite.

y a en nous de plus intime. On veut exprimer une idée vivement sentie, on s'applique à la bien rendre, car c'est le seul moyen de la faire accueillir, de la propager et l'on y réussit, comme dans ces pièces de théâtre ou une émotion violente, la nécessité impérieuse de faire une révélation finit toujours par délier la langue des muets. L'autre éloquence est moins forte de choses, plus verbeuse. Loin de procéder de la conviction, elle donne parfois naissance à une conviction ou du moins à quelque chose qui y ressemble et qui en tient lieu. On se sent à un certain degré la facilité de l'expression, une élégance native, une grande fluidité de langage et, pour l'utiliser, on se met en quête d'idées que l'on puisse revêtir de cette robe brillante; on a le don des phrases, mais on sent que quelque chose doit les soutenir. Si, entre les idées qui ont cours, on fait choix d'une seule, si l'on s'y voue, c'est là une conviction née de l'éloquence.

Je dois compléter ce que j'ai dit ailleurs sur la corruption du langage en parlant ici de l'altération qu'il fait lui-même subir à la pensée. Elle n'arrive pas à nous sans traverser l'expression et trop souvent dans ce milieu elle éprouve une sorte de réfraction et de brisement. La symétrie et les figures sont les causes ordinaires qui font dévier la pensée, causes d'autant plus à craindre que c'est pour l'embellir qu'elles en altèrent la vérité et la sincérité. Il importe donc d'étudier la symétrie et les figures, d'en faire un instrument docile; car de les supprimer, il n'y faut pas penser: ce serait en même temps supprimer le style.

L'amour de la symétrie est naturel et légitime; il tient au sentiment de l'ordre universel, à un instinct secret que, malgré l'apparente diversité des choses, les mêmes lois régissent et dominent tout. Ces lois, pressenties et cherchées depuis le commencement du monde, on les a toujours conçues harmonieuses, ramifiées régulièrement par une symétrie qui ne disparaît que dans l'unité du principe d'où tout découle; car la symétrie, qui est l'unité dans la variété, ne peut subsister où il n'y a plus de parties; ce qui est un ne saurait être coordonné.

L'homme a pour fil conducteur ce lien commun des choses et de là vient que ses systèmes sont tous symétriques, soit qu'il résume ce qu'il connaît du monde physique et du monde moral, soit que, par un effort de sa pensée, il prétende en conquérir d'un seul coup le secret. La découverte des grandes lois, partielle et telle qu'il nous est donné de la faire, introduit dans la science une sorte de régularité qui augmente à mesure que, par le rapprochement des faits, par la vue de ce qu'ils ont de semblable, nous nous élevons à la conception de causes de plus en plus générales. Mais cette régularité naissante devient tout à coup complète, parfaite dans ses plus petits détails, dès que l'on renonce aux procédés si lents de l'observation pour demander à l'imagination un de ces principes qui embrassent tout, qui expliquent tout, à qui rien ne résiste... que les faits. Que de savants et de philosophes ont ainsi distribué l'univers dans les cases d'un système et se sont égarés pour avoir, à eux seuls, voulu faire toute la science! Pourtant ce sont des questions encore non résolues que celles de savoir si ces hypothèses hardies ont retardé ou non les progrès de l'esprit humain; si l'observation doit toujours précéder ou n'est pas destinée à confirmer aussi d'heureuses conjectures; si la vérité ne peut être devinée aussi bien que découverte; si enfin l'on n'a pas quelque chance de rencontrer la vérité en poursuivant la symétrie qui ne consiste après tout que dans l'analogie nécessaire des faits qui dérivent de la même cause.

Cette symétrie que l'homme cherche et trouve partout, il la porte empreinte dans ses membres et dans tout son corps. Elle éclate dans le règne organique et fournit le premier élément de la beauté des plantes et des fleurs. La régularité des cristaux n'est qu'une autre espèce de symétrie plus élémentaire. Elle a sa place dans l'art comme dans la nature; l'arrangement des parties est la condition nécessaire de tous les arts et la source d'une portion du plaisir qu'ils nous font éprouver. La musique surtout en a besoin à cause du vague qui lui est propre; il faut que des divisions, indiquées plutôt que géométriquement tracées, y distribuent partout la clarté et que des contrastes habiles mettent en relief chaque membre de la phrase musicale. La règle souveraine de tous les genres d'architecture est la symétrie; elle existe même dans les ornements capricieux de l'architecture arabe, mais il faut savoir l'y découvrir. La symétrie de l'arabesque est très complexe; les parties de ce tout sont si nombreuses que l'œil ne peut du premier coup faire entre elles tous les rapprochements nécessaires; et lorsque, après un moment, il en a saisi les rapports, la satisfaction d'avoir trouvé entre pour beaucoup dans notre plaisir: c'est une énigme devinée.

La symétrie semble particulièrement essentielle à tout ce qui tombe sous les sens, et la pensée elle-même en subit la loi dès que, par le moyen des mots, elle devient extérieure; l'art de la parole, pas plus qu'aucun autre, ne peut donc s'y soustraire. Une organisation intérieure est indispensable aux longues périodes; leurs membres ont besoin d'être coordonnés, subordonnés. Les moindres parties doivent, suivant leur affinité, être absorbées, ramassées par d'autres plus importantes qui se les incorporent et que l'esprit voit seul. Certes, l'esprit et l'oreille peuvent avouer cette symétrie qui donne aux idées la précision, au style l'harmonie et le nombre. Mais il en est une autre exclusive, tyrannique, qui ne veut partout qu'opposition, équilibre, correspondance exacte même dans les détails. Sans hésiter, elle sacrifie la pensée à certains effets sans cesse ramenés ; d'ailleurs, toute pensée lui est bonne, pourvu qu'elle puisse être aisément répartie dans les compartiments qui divisent la phrase ; elle aime la gradation, accueille l'antithèse, et, s'il faut allonger une énumération, ne s'effraye pas d'un mot surabondant ou puéril. « Il arrive rarement, disent MM. de Port-Royal, qu'un orateur se tire d'une période à plusieurs membres sans donner quelque contorsion à la vérité pour l'ajuster à sa figure. »

Le style coupé, aux rapides allures, fatigue quelquefois par sa vivacité ; il a quelque chose de sautillant et de brusque, mais il échappe davantage à ce défaut. Les éléments en sont si peu nombreux qu'on aurait peine à les grouper symètriquement ; encore trouve-t-on moyen de remplacer l'opposition des membres de phrase par l'opposition des mots et d'y faire entrer *une infinité de ces belles pointes* que Pasquier (1) pouvait admirer dans Montaigne, parcequ'il n'y sacrifie jamais rien de la pensée.

Plusieurs de nos mots manquent d'un corrélatif dont la privation est chaque jour sentie. On peut s'étonner que, depuis longtemps, ce vide n'ait pas été rempli, ne fut-ce que grâce à la symétrie, qui s'inquiète peu, à la vérité, qu'une idée reste sans expression, mais qui cherche toujours à se compléter et à s'étendre. A ces mots elle devait donner un pendant, ne fut-il pas indispensable, comme sur une cheminée on met un second vase dont on ne doit pas se servir, mais qui est nécessaire pour satisfaire les yeux et pour tenir compagnie au premier.

La symétrie préside à la manifestation extérieure de toute poésie. Elle a donné le plan de la strophe, ce moule si

(1) Lettre 1, livre 18.

régulier et si net où la pensée prend sa forme, d'où elle sort avec un tour nerveux et concis. C'est elle qui guidait le Gallois lorsque, dans ses *Triades*, il réunissait les héros, les traîtres, les bardes, les beautés célèbres par groupes de trois, par le lien de ce nombre dont la mystérieuse harmonie a toujours séduit et fasciné les hommes. Le même principe a fait naître la rime. Mais le plaisir un peu monotone et souvent contesté qu'elle nous donne est acheté trop cher quand l'idée n'arrive qu'à la suite du mot. *La rime est une esclave* a dit Boileau et il ne le rappelait pas sans nécessité, car son précurseur avait érigé en théorie la subordination de la pensée ; Malherbe disait qu'il faut choisir des rimes bizarres et éloignées l'une de l'autre par leur sens, parce que cela amenait des idées piquantes. Dans la coupe trop régulière de notre alexandrin, il y a pour la pensée un autre péril; le vers de dix pieds n'induit pas à antithèse autant que celui de douze pieds, dont les hémistiches, balancés sur le point mitoyen de la césure, semblent préparés pour recevoir des idées, des expressions qui s'équilibrent et se contrepèsent.

Comme la symétrie, les figures tiennent à l'essence du langage et sont de même pour la pensée un ornement et souvent aussi un fléau. Quand, par exemple, on a trouvé une comparaison dont on attend un certain effet, si elle ne se superpose pas exactement à l'idée, plutôt que d'y renoncer on fausse l'idée, on l'exagère, on la restreint à la mesure de l'accessoire brillant qu'on a résolu de lui attacher: c'est couper le tableau d'après les dimensions et la forme du cadre.

Frappés de ces écarts, dégoutés des images par une certaine intempérance moderne qui les accumule sans choix, quelques-uns se sont efforcés de croire que les langues, en vieillissant, doivent devenir de plus en plus abstraites et dépouiller enfin tout à fait la parure de leur jeunesse. Mais, quelque soit le développement de sa pensée, l'homme ne se détache pas de ses premiers instincts, et la satisfaction excessive qu'on a pu leur donner prouverait au besoin qu'ils ne sont pas près de s'éteindre. Le fond de nos langues est tout sensible et figuré et il n'est pas en notre pouvoir d'en extirper les racines.

S'il est vrai que, de nos jours, on connaisse mieux toutes les ressources de l'expression, il est moins permis que jamais d'en négliger aucune. Il faudrait fuir la science de la parole, comme funeste, si elle devait entraîner la perte de son plus bel ornement et de même la botanique si elle devait nous conduire à dédaigner les fleurs. Cueillons donc sans scrupule celles qui croissent le long de notre route, car elles nous appartiennent ; celles que nous apercevons au loin nous sont seules interdites. Mais partout où le style se préoccupe trop de lui-même et tend à maîtriser la pensée ; partout où le mot supplée à l'idée et en dissimule l'absence, où, quand elle a cessé, la phrase continue encore; partout où l'imagination se fait la compagne trop assidue et trop peu soumise de la raison, il y a lieu de rappeler cette vieille et bonne maxime : « Le plus parfaict mirouer n'est le plus aorné de dorures et pierreries ; mais celluy qui véritablement représente les formes objectes (1). »

(1) Rabelais.

www.ingramcontent.com/pod-product-compliance
Ingram Content Group UK Ltd.
Pitfield, Milton Keynes, MK11 3LW, UK
UKHW022110170726
13837UKWH00003B/1148

9 782329 152141